アガサ・レーズンと狙われた豚

この本をシニード・ゴスに捧げる。
卵巣癌協会への支援に心からの感謝をこめて。

主要登場人物

アガサ・レーズン……元ＰＲ会社経営者。私立探偵
トニ・ギルモア……アガサの探偵事務所の探偵
サイモン・ブラック……アガサの探偵事務所の元探偵
ポール・フィンリー……トニの恋人。カレッジの講師
ビル・ウォン……ミルセスター警察の部長刑事。アガサの友人
サー・チャールズ・フレイス……准男爵。アガサの友人
ロイ・シルバー……アガサの元部下。友人
ミセス・ブロクスビー……牧師夫人。アガサの友人
ゲーリー・ビーチ……警官
エイミー・リチャーズ……ゲーリーの元妻
トム・リチャーズ……エイミーの再婚相手
フィオナ・リチャーズ……トムの元妻
ジェームズ・レイシー……アガサの元夫

1

アガサ・レーズンはぐったり疲れて、自宅のあるコッツウォルズのカースリー村に通じる道へと曲がった。とたんに急停止した。目の前に車の長い列ができている。アガサはハンドブレーキを引いた。

季節は一月末、めったにないほど寒い月だった。田舎道の両側の高い木々は裸の枝を鉛色の空に差し伸べている。春がまた巡ってくることを懇願するかのように。アガサは雪にならないことを祈った。このところ二センチほど雪が積もっただけで、通行止めになってしまう。雪が凍結するのを防ぐためにまく塩の在庫がないという話だったし、カースリーから延びる道はとても急な坂で運転が危険だからだ。

もう、どうなってるの？　いらいらとクラクションを鳴らすと、前のオンボロフォードに乗った若い男が失礼にも中指を突き立てた。

アガサは罵り（ののし）ながら車を降りると、フォードに向かってずかずか歩いていき、窓ガラスをたたいた。青白い顔をした若者が窓を開けた。「あんだよ?」

「いったい何が起きてるの?」アガサはたずねた。

若者はアガサの頭のてっぺんから爪先までじろじろ見て、高そうなオーダーメードのコートとクマみたいな非難がましい目つき、それに「上流きどり」のしゃべり方に気づいた。「穴さ」そう言って肩をすくめた。「穴を直してんのさ」

「で、どのぐらいかかりそう?」

「知るわけねえだろ」彼は窓を閉めた。

アガサはプリプリしながら暖かい車内に戻っていった。たしかに、お役所に道が穴だらけでひどいと苦情を言ったことはある。だから補修工事はありがたいけれど、迂回の標識ぐらい出しておいてくれてもいいのに。Uターンをしようかと考えたが、彼女の運転技術だと、この狭い道でUターンするには、ぞっとするほど何度も切り返さなくてはならないだろう。

鼻の下に滴が垂れてきた。隣の座席に置いたティッシュの箱に手を伸ばし、洟をかんだ。誰かが窓をたたいた。

窓の外に視線を向けると、警官がこちらにかがみこんでいる。がっちりした体つきのずんぐりした男で、毛穴の開いた顔には殴られてつぶれたみたいな鼻。豚そっくりの小さな目が、とがめるようにこちらをにらみつけている。

窓を開け、アガサはたずねた。「あとどのぐらいかかるんですか、おまわりさん？」

「作業が終わるまでだよ、マダム」彼は強いグロスターシャー訛りで答えた。「ハンドルから手を離したので違反キップを切らしてもらうよ」

「え、なんですって？　頭、おかしいの？　ただ洟をかんだだけよ。ハンドブレーキは引いてあるし、ここで身動きとれなくなって……」

「六十ポンドの罰金です」

「そんなもの、絶対に払うもんですか」アガサはわめいた。

警官は違反キップを渡した。「じゃ、裁判所で」

アガサは怒りに震えながら運転席にすわっていた。それから大きく息を吸う。Uターンをしようとしたが、後方に連なった車もみな同じことを考えていたようだ。ようやくUターンができてバックミラーをのぞくと、今離れたばかりの車列が動き始めていた。

ライラック・レーンの茅葺き屋根のコテージに着いたときには、粉雪が降りはじめていた。地球温暖化のことでぶつくさ言う批評家なんて、ろくでもないわ、とアガサは思った。車のドアを開けて外に出たとたん、警官に渡された違反キップが突風にさられわれ、コテージの向こうに飛んでいった。

アガサはコテージに入った。二匹の猫、ホッジとボズウェルが走り寄ってきて歓迎の挨拶をした。食べ物がほしいときは、いつもこうやって足首に体をすりつけてくるのだ。

猫たちに餌をやり、自分用にジントニックを作ると、友人のビル・ウォン部長刑事に電話した。電話に出たビルに、洟をかんだだけで違反キップを切った警官のことで文句をまくしたてた。

「そいつはゲーリー・ビーチですね」ビルは言った。「違反マニアなんです。ご存じのように、一定の数の違反摘発を達成しないと昇進できないんですが、彼はちょっと常軌を逸してるんですよ。このあいだ、ミルセスターの袋小路に住んでいる九歳の子の母親が、息子にけんけん遊びをさせるために歩道にチョークで枠を描いたんです。ビーチは子どもを逮捕して、落書きの罪で告発したんですよ。おまけに、よちよち歩きの幼児が水鉄砲を持っていたら、危険物所持で逮捕した。ある年金暮らしの老人は〈アフガニスタンから息子を帰せ〉というプラカードを持っていて、テロ行為で逮捕されました」

「わたし、どうしたらいい？」

「たぶん問題にならないでしょう。でなかったら、おとなしく罰金を払うしかないですね」

「絶対に嫌！」

「仕事は順調ですか？」

「あんまり。不景気がかなり響いていて。みんな、お金がないのよ」アガサはキッチンの窓から外をのぞいた。「大変！　雪が積もってきてる。スノータイヤを買っておくか、四輪駆動の車にすればよかった。ロイ・シルバーが週末に来る予定なの。そのときまでに道が除雪されているといいけど」

ロイは、アガサがロンドンで羽振りのいいPR会社を経営していたときに雇っていた部下だ。アガサは会社を売却して早期引退し、コッツウォルズに引っ越してきた。しかし、何件かの殺人事件を解決できたので、自分の探偵事務所を開くことにしたのだった。

ビルは週末には会いに行くと言って、電話を切った。

それからアガサは事務所に電話した。スタッフは少数だった。引退した警官のパトリック・マリガン、カースリー在住の年配男性フィル・マーシャル、若いトニ・ギルモアと秘書のミセス・フリードマン。アガサは大半の人よりも早く不況の時代が来ると抜け目なく予想していたので、それ以上のスタッフを雇わないことにしたのだ。ただ、今はいないあるスタッフのことでは良心がとがめていた。数ヵ月前まで雇っていた聡明な若い探偵、サイモン・ブラックのことだ。彼はトニに恋愛感情を抱いているように見えた。そこで二人のために最善のことだと言い訳しつつ、トニは若すぎるから交際を三年待ってほしい、とサイモンにこっそり頼んだのだ。そうとは知らず、いつもサイモンに誘いを断られてトニが冷たい態度をとるようになったので、彼はやけくそになって軍隊に入り、今はアフガニスタンで戦っていた。

トニが電話に出て、雪がこれ以上深くなるといけないので、ミセス・フリードマンとフィルはもう家に帰ったと報告した。トニは若くてブロンドで美しく、しばしばアガサは嫉妬に胸が疼いたが、それでも非常に有能な探偵であることは認めないわけにいかなかった。

「未解決の案件は？」アガサはたずねた。

「不倫が二件、迷子のペットが二件、ティーンエイジャーの行方不明が二件です」

アガサは嘆息した。「ついこのあいだまでは、迷子のペット捜しなんて絶対に引き受けないって言ってたのにねえ。今じゃ、お金が必要だからどんどん受けてる」

「楽な金儲けですよ。飼い主は動物保護施設を調べることをめったに思いつかないんです。あたしはティドルだか何だかの名前の犬や猫の写真を持って保護施設に行き、めあてのペットを引き取って、大喜びの飼い主に電話するだけでいい。みんな、『すぐに支払います』って言いますよ」

「ロイが週末にこっちに来るの。たぶんビルも来るわ。あなたも来て、みんなで何か楽しいことでもしない？」

「デートなんです」

「誰と？」

「ポール・フィンリー」

「どうやって知り合ったの？」

トニは詮索好きのアガサに、あなたには関係ないでしょ、と言ってやりたかったが、しぶしぶ答えた。

「夜にフランス語の授業をとっているんです、今は仕事も暇ですから。彼はその講師なんです」

「何歳？」

「もう切ります。別の電話が鳴ってるので」

電話を切ってから、アガサは心配になってきた。トニは年上の男性に弱いのだ。そのせいで、これまでもやっかいなことになっていた。

キッチンのテーブルにアガサの掃除婦のドリス・シンプソンが置いていった地元新聞があった。週末のイベントがないかと、ぱらぱらとめくってみると、三十五キロほど離れたウィンター・パーヴァ村のイベントに目がとまった。ウィンター・パーヴァには一度だけ行ったことがある。何軒ものおみやげ店や中世の屋根つき市場があり、茅葺き屋根のコテージが立ち並ぶ観光客に人気の村だった。クリスマスの時期にも例年ほど地元の店は売り上げが伸びなかったので、教区会は特別な一月のイベントで利益をあげようと意気込んでいる、と書かれている。土曜日にウィンター・パーヴァ村の広場では、豚の丸焼きがおこなわれる予定だった。村人たちは昔風の衣装に身を包み、モリスダンスが披露され、地元のブラスバンドが演奏し、村の聖歌隊も登場する。中国人観光客がバス二台でイベントにやって来ることになっていた。

ここに出かけよう。雪で村に閉じこめられていなければ。

おなかがすいたので、大型冷凍庫をひっかき回して、何かを電子レンジにかけようとした。いきなりすべての電気が消えた。停電だ。

〈レッド・ライオン〉には発電機があるのを思い出した。アガサはズボンと長靴に着替え、フードつきパーカーを着込むと、ディナーにありつくために外出した。

パブは地元の人々で混んでいた。アガサはバーに行き、ラザニアとフライドポテトとビール半パイントを注文した。そのとき、意外にも友人の牧師の妻ミセス・ブロクスビーが、一人で隅にすわっているのに気づいた。小さなグラスに入ったシェリーを悲しげに見つめている。

アガサはどうしたのだろうと心配しながら、急いで彼女のテーブルに行った。特別な基金集めの催しでもなければ、ミセス・ブロクスビーは一人でパブに来ることなど絶対になかったのだ。牧師の妻の古めかしいまとめ髪は白髪がほつれている。いつものやさしげな顔は疲れて見えた。洗いざらしのセーターとカーディガン、ツイードのスカートにみすぼらしいツイードのコートをはおっている。何を着ていても関係ないわ、とアガサは改めて思った。ミセス・ブロクスビーはどこから見ても常に「レディ」だった。アガサとミセス・ブロクスビーはお互いを苗字で呼び合っている。それが二人の所属する地元の婦人会の伝統だったからだ。

「ここで会うなんて珍しいわね」アガサは声をかけた。「ご主人はどこ?」

「知らないし、どうでもいいわ」ミセス・ブロクスビーは言った。「どうぞすわって、ミセス・レーズン」

アガサは向かいにすわった。「何があったの?」

ミセス・ブロクスビーは気を取り直したように、弱々しい笑みを浮かべた。「何でもないの。本当にそれを食べるつもり？」

ウェイトレスがラザニアとフライドポテトをアガサの前に置いた。

「もちろん。これのどこが悪いの？」アガサはフォークを突き立て、ひと口頬張った。

この人はハゲワシみたいに味音痴なんだわ、とミセス・ブロクスビーは思った。

それでも、アガサを前にすると、自分がときどき年寄りのように感じることがあった。アガサは五十代前半だが、まばゆいばかりに健康で、巧みに染められているとはいえ、茶色の髪はシルクのようにつやつや輝いていた。

「何でもないってこと、ないでしょ」アガサはケチャップのボトルに手を伸ばし、蓋を開けてフライドポテトにダボダボかけた。

「たぶん、ただの想像なのよ」ミセス・ブロクスビーは力なく答えた。

「あなたの直感はいつも当たるでしょ。さあ、話して」アガサはきっぱりと言った。

ミセス・ブロクスビーは涙は見せなかったが、哀れっぽい嗚咽（おえつ）をもらした。さんざん泣いたあとに子どもがあげるような声だった。「アルフが浮気しているんじゃないかと思うの、それだけ。ケチャップが垂れてるわよ」

「あら、失礼」アガサはフォークで突き刺したケチャップまみれのフライドポテトを皿に戻した。「ご主人が浮気ですって？　馬鹿げてる！」

「そうよね。わたしがおかしいのよ」

「ううん、そういう意味で言ったんじゃないの。だって、彼をすてきだと思う人なんている？」アガサはいつものように歯に衣着せずに言った。

友人はむっとしたようだった。「教えてあげるけど、この教区の牧師をしているあいだに、アルフはたびたび肉食系の女性に狙われているのよ」

「じゃあ、なぜ今さら浮気しているなんて考えるの？　聖職者用カラーに口紅がついていたとか？」

「そういうのはないわ。ただ、カラーをつけずにこっそり出かけていき、どこに行っていたのか話そうとしないから」

「最近、彼は新しい下着を買ったりした？」

「いいえ、主人の下着はわたしが買ってるわ」

「ねえ、あなたの心が休まるように、わたしが調べてあげる。無料で」

「ああ、どうかそれはやめて。あなたに尾行されていることに主人が気づいたら、カンカンになるわ」

「気づかないわよ。わたしはとても優秀な探偵だから」

「この件については何もしないでね」ミセス・ブロクスビーは真剣に頼んだ。「約束して」

「約束する」アガサは言うと、嘘がばれませんように、と子どもみたいに背中で指を重ねて祈った。


夜のあいだに西からの温かい風で雪が半解けになり、その後風向きが北に変わると、解けた雪が再び凍りつき、道はスケートリンクのようになった。アガサは翌日、目覚めたとたんに不機嫌になった。どうやって村から出ればいいの？　電気が回復したことだけが、ささやかな慰めだった。

しかし、ブラックコーヒーと煙草だけのいつもの朝食をとっていると、通りのはずれからかすかな物音が聞こえてきた。ここしばらく聞いていない音だ。長靴とコートを身につけ、通りのはずれまで走っていった。凍結防止剤散布車が村の道を進んできて、道に塩と砂をまいている。

アガサは急いで戻ると、事務所に行くためにメイクをして着替えた。

ライラック・レーンを車で出ようとしたとき、牧師の車がすぐ前にいるのに気づいた。

「ちょっと観察するだけなら問題ないわよね」と心の中で言い訳した。後ろの車に追い越させて間にはさむと、牧師の車を見張りながら走った。彼は近くのアンクームの村まで行き、大きなカトリックの教会、セント・メアリー教会の中庭に駐車した。この近辺の村々で清教徒たちがクロムウェルを支持したときも、アンクームの村はチャールズ一世に忠実だったのだ。

アガサは好奇心に駆られながら、道に駐車すると、墓石の脇の私道を歩いて教会の中に入っていった。

薄暗い教会の中で、アガサはかろうじてミスター・ブロクスビーのやせた姿を見分けることができた。彼は告解用の小部屋に入っていくと、ドアを閉めた。そこへ神父が現れたので、アガサはあわてて信徒席の間にしゃがみこんだ。神父も告解室に入っていった。

何をしゃべっているのか聞かなくちゃ、とアガサはやきもきした。靴を脱ぐと、忍び足で二人が消えた告解室に近づいていき、壁に耳を押し当てて中の話を聞きとろうとした。

「いったい何をやっているんだ?」大声が響いた。

ぎくりとして目を向けると、教会に男が入ってくるのが見えた。アガサはとっさに目をつぶって、へなへなと床にくずおれた。告解室のドアが開き、ミスター・ブロクスビーと神父が出てきた。

「何の騒ぎだね？」神父の甲高い声が聞こえた。

アガサは目を開け、弱々しくつぶやいた。「どうしちゃったのかしら？　なんだかめまいがして。ちょうどミスター・ブロクスビーがそこに入っていくのが見えたので、助けてもらおうと思ったんです」

「この女、立ち聞きしてたんです！」やせた男が手厳しく非難した。

「この女性は知り合いです」ミスター・ブロクスビーが言った。「ミセス・レーズン、いっしょに外に出てもらおうか」

アガサは床から立ち上がった。誰も手を貸そうとしなかったので、自分で靴をはく。ミスター・ブロクスビーが先に立って大股で歩きだしたので、アガサはそのあとをすごすごと追っていった。

教会から出ると、ミスター・ブロクスビーはとげとげしく指示した。

「わたしの車に乗りたまえ、ミセス・レーズン。どういうことか説明してもらおう」

アガサは牧師の車の助手席に乗った。雨が降りはじめていた。静かに涙を流しているみたいな雨だ。

「さて、釈明を聞こうか、まったくあきれた人だ」牧師は前々からアガサを嫌ってい
たので、妻が彼女に好意を持っている理由がさっぱりわからなかった。

ミセス・ブロクスビーは二度と口をきいてくれないわ、とアガサは意気消沈しなが
ら考えた。こうなっては真実を言うしかないからだ。

「事情があったんです、アルフ……アルフって呼んでもいいかしら？」

「だめだ」

「そうよね。ええと、事情っていうのは、ゆうべ奥さんとパブで会ったんですけどね、
泣いていたんです。あなたが浮気していると思ってるみたいで」

「馬鹿馬鹿しい……まあ、考えてみると、長年のうちには何度か教区の女性に迫られ
て、撃退しなくてはならないこともあったが」

「わたし、嗅ぎ回ったりしないって奥さんと約束したんです」アガサは言った。

「あなたの場合、それは息をしないと約束するも同然だろう」

「そのとおり！　うしろめたく感じることには、もううんざり」アガサは言った。

「いったいカトリック教会の告解室で何をやっていたんですか？」

「宗教的導きが必要だったんだ」

「まさか信仰を捨てたなんて言わないでくださいね」アガサは語気を強めた。

「そういうことではない。われわれが聖公会祈禱書と欽定訳聖書の古い版を使用しているのは知っているね？」

アガサは気づいていなかったが、「ええ」と答えておいた。

「シェイクスピアと肩を並べられるほどの実に美しい文学なんだ。ところが、主教はどちらも現代語訳版に替えるように命じられた。だが、わたしにはできないんだ、どうしても。それで異なる信仰の司祭に、自分の心を打ち明けるしかないと感じたんだよ」

「どうして奥さんに話さなかったんですか？」

「良心と闘わねばならなかったからだ。カトリック教会に入信することまで考えた」

「そして独身の誓いをする？」

「バチカンではわたしのような既婚者のために規定が設けられている」

「本当に奥さんに相談するつもりはないんですか？」

「宗教的問題は一人で解決したいんだよ」

アガサはこの苦境から抜け出す方法を発見した。小さなクマのような目で、牧師を値踏みするように見た。「わたしがどうにかできると思うわ」

「なんと！　どうか頼むよ」

「ええ、口を閉じて聞いてくれればね。主教は教区民の願いを無視することができないはずよ。村人全員でいままでどおりに続けたい、という嘆願書に署名して、それを主教に送るの。簡単そのものよ。わたしが関係していることをミセス・ブロクスビーに黙っているって約束してくれれば、あなたに代わってすべての手配をする。地元の店に嘆願書を置いてもらうのよ。悪天候のときは、みんなそこで買い物するでしょ。じゃ、さっそくそれについて話を広めて、奥さんといっしょに村じゅうを回って。もちろん、わたしが関わっていることをひとことでも漏らしたら手を引くわよ、牧師さん。いくら馬鹿でもそんな真似はしないでしょ……」

「どうして今まで話してくれなかったの？」三十分後、ミセス・ブロクスビーは夫の説明を聞いて、悲しげにたずねた。

「まず、一人で問題に取り組みたかったんだ。しかし、村の店に寄ったときに、たまたま、それについて口にしたら、村人たちはとても力になってくれ、主教に嘆願書を送ることになったんだ」

「ミセス・レーズンが関わっているの？」

「いや、まさか」牧師は居間の暖炉に向かって話しかけた。ただの善意の嘘です、神よ、と創造主を安心させた。「このわたしが彼女に手助けを頼むと思うかい？」

アガサはそれから村じゅうの家を一軒一軒回り、牧師に協力して村の店で嘆願書に署名してほしい、と頼むのに大忙しだった。村人の多くが新しく引っ越してきた人々で、イースターとクリスマスにしか教会に行かなかったが、ある太りすぎの婦人が口にしたように、「村のあれこれ」をちゃんとやりたがっていた。アガサが午後遅くに事務所に行くと、トニがツイードの服を着て顎ひげを生やした長身の男とちょうど道に出てきた。

「こちらはポール・フィンリーです」トニは紹介した。

「ああ、例の偉大な探偵さんですか」ポールは言った。アガサの見たところ、彼は三十代後半で、腹立たしいほど横柄な態度だった。ゴツゴツした顔に、おどけた目つきをしていたが、それはその目の持ち主にユーモアのセンスが一切ないことを示していた。

「これから出かけるので」トニは急いで言った。「失礼します」

「ちょっと待って」アガサは言った。「ロイが金曜の夜に来る予定だから、土曜にウインター・パーヴァで催される豚の丸焼きを見物に行こうと思っているの。あなたもポールといっしょに来ない？　わたしのコテージにみんなで集まって、いっしょに乗せていくわ、駐車場がものすごく混むから」

「豚の丸焼きだって？」ポールがゲラゲラ笑った。「なんて風変わりなんだ。もちろん、行きますよ」

「よかった。豚の丸焼きは六時に始まるけど、少し早めに着きたいと思ってるの」アガサは言った。「四時頃に来てもらって、一杯やってから出発しましょう」

アガサは二人が歩き去るのを見送った。大柄なポールと並ぶと、ほっそりしたトニはとても小さくて頼りなげに見えた。

「まったく似合ってない。いやらしいスケベ野郎」アガサの歯に衣着せぬ言葉を聞いて、通りがかりの女性がぎくりとしたように彼女を見た。

アガサは事務所で仕事をチェックしてから、また家に戻った。ライラック・レーンに近づいたとき、パトカーが彼女の前に回りこんで道をふさいだ。

アガサはあわててブレーキを踏み、前方に目を凝らした。洟をかんだだけで違反キップを切った例の警官がのしのしと歩いてくる。彼がそばまで来ると、アガサは窓を開けた。「今度は何かしら？」つっけんどんにたずねた。

「車内にスピード違反取り締まりカメラをのせて、そこの道にいたんだ。そしたら、あんたは時速五十一・二キロ出していた。というわけで、三点減点と罰金だ」

アガサは罵詈雑言を浴びせてやろうと口を開きかけたが、警官を侮辱したかどで、おそらくさらに罰金を科すだろうと思った。彼は速度違反の危険について説教をたれ続けた。挑発しようとしているのはわかっていたので、彼女は相手が話し終えるまで静かに聞いていた。

ようやく彼が行ってしまうと、アガサは回れ右をして村の店に行き、警察全体への不満と、とりわけ一人の警官のひどい仕打ちについて、興味しんしんの聞き手たちにぶちまけた。

「あいつを殺してやりたい」彼女は叫んだ。「地獄で串刺しにされて、じっくり火あぶりになればいいのよ」

アガサがロイ・シルバーをモートン＝イン＝マーシュ駅に迎えに行った金曜の夜は、凍てつくように寒かった。なのにロイときたら、黒のズボンに黒のセーター、その上に金糸が織り込まれた深紅のジャケットという格好だった。頭はツルツルに剃り上げていたので、毛をむしられた鶏と、休暇のキャンプ地で上演されるような安っぽい芝居のイギリス兵役を足して二で割ったみたいだ、とアガサは思った。

「ヒーターをつけてください」ロイは車に乗りこむなり言った。「凍えそうです」

「当然よ。その禿げ頭はどうしたの？」

「これが流行なんです」ロイはむっとしたように言い返した。「それに剃ると毛が丈夫になるんです。たんに一時的に剃っただけですよ」

「暖かい服を貸してあげる」

「あなたの服を着ろって言うんですか？」ロイはぞっとしたように言った。「テントを着ているみたいに見えちゃいますよ。あなたの服一枚に、ぼくなら二人入れますからね」

「わたしはそんなに太ってないわよ」アガサはドスのきいた声で返した。「あんたが不健康にやせすぎてるのよ。チャールズが予備の部屋に服を置いていったから、それを着ればいいわ」サー・チャールズ・フレイスはアガサの友人で、しばしば彼女のコテージをホテル代わりに使っていた。

ロイはこの服は非の打ち所がない、と反論したが、アガサのコテージに着くと、またもや停電になっていて家が冷えきっていることがわかった。

アガサがリビングに火をおこしているあいだに、ロイは大切なジャケットを予備の寝室のクロゼットにかけ、どうしてこんなにすばらしい服を誰もほめてくれないのだろう、と悔しく思った。チャールズのカシミアのセーターを見つけると、それを着込んだ。

アガサのところに戻ると、火が勢いよく燃えていた。「この停電はどのぐらい続くんですか？」ロイはたずねた。

「そんなに長くは続かないわよ、たいていは。この村のこっち側に供給している発電所に問題があるの」

「週末の計画は何かありますか？」

「明日、ウィンター・パーヴァに豚の丸焼きを見物に行くわ」

「無理です。ぼくはベジタリアンだから」

「いつから？」

ロイはそわそわしているようだった。「ひと月前から」

「あんたの場合、ダイエットじゃなくて、おなかをすかせているってだけでしょ」アガサは非難した。「ディナー用にステーキ肉を買ってあるわよ」

「喉を通りそうにもないな。豚の丸焼きだって？　歴史映画みたいに串が回転するやつですか？」

「そうよ」

「うへっ、悪趣味ですよ」

だが、翌日、トニとポールが到着すると、またもや電気が不安定になり、ロイは寒い家に一人で残されるよりもいっしょに行った方がましだ、とあきらめた。ビル・ウオンは電話してきて行けそうもないと言ってきた。

みんなで一杯やろうとしたとき、チャールズが現れた。いつものようにお金のかかったしゃれたカジュアルウェアを着ている。チャールズは小柄で、整った顔立ちに手入れの行き届いたヘアスタイルをしていた。彼が自分のことをどう思っているのか、アガサにはいまだにわからなかった。チャールズは自分でウィスキーを注ぐと、うっかり失言した。ガンになったのか、とロイに同情をこめて訊いたのだ。ロイが否定すると、チャールズは言った。

「ガンなら、わたしのセーターを勝手に着ているのを許そうと思ったんだが、病気じゃないなら、まず許可をとるのが礼儀じゃないかな」

「わたしが言ったの、何か借りてもいい、って」アガサがとりなした。「ポール・フインリーの紹介がまだだったわね」

「トニの叔父さん？」

「いいえ、ただの友だちよ」アガサが答えた。

ポールはカッとなった。チャールズの上流階級のアクセントが彼の負の部分を刺激したのだ。いきなり英国の階級システムの不公平さと、貧乏人に依存している貴族制度について不満をぶちまけはじめた。それまでかすかだったバーミンガム訛りが丸出しになっている。

チャールズ、ありがとう、とアガサは心の中で感謝した。この男がいかにぞっとする人間か、これでトニにもわかったでしょう。

しかし、トニは目を輝かせてポールの話に耳を傾けていた。

チャールズはポールが話し終えるのを待って、落ち着き払ってひとこと発した。

「実に古くさい意見だな。さて、いつ出発するんだい？」

「グラスを空けちゃって」アガサは言った。「早く出発して、駐車場所を確保したいの。わたしの車だけだと、ちょっと狭苦しいわね」

「わたしがロイを乗せていくよ」チャールズが言った。

「コートが必要よ」アガサはロイに言った。「玄関ホールにバブアーの防水コートがかかっている。それを使って」

「自分のジャケットで大丈夫です」ロイは反論した。

「凍え死ぬわよ。さあ、みんな、出発しましょう」

ウィンター・パーヴァに走っていくと、木々のあいだから薄い霧が道に流れこんできた。村の中はすべての駐車場がふさがっていたので、村の外に駐車するしかなかった。ポールはトニと二人きりになりたくて、自分たちは店を見て回ってから豚の丸焼きの開始時間に広場で合流する、と言った。

アガサとチャールズとロイはいちばん近いパブに歩いていき、バーの暖かさにほっとひと息ついた。

「ポールのことはどうにかする必要があるな」チャールズが言った。「トニはまだバージンだと思うし、あの不愉快な男の毛むくじゃらの太腿にのしかかられてそれを失うと思うと、ぞっとするよ」

「彼は結婚を申し込むかもしれませんよ」ロイが言った。

「ちょっと調べてみようかと思うの」アガサは言った。「あの男は既婚者か離婚歴があるか、どっちかにちがいない。どうしてトニは彼が嫌なやつだってわからないのかしら？　階級制度のたわごとに、なぜうれしそうに耳を傾けていたの？」

「あの男のそういうところが彼女の琴線に触れるんだろう」チャールズが言った。

「忘れてるよ、彼女の生い立ちは悲惨だってこと。自分の居場所もよくわからないんだよ。あの手の主張には心をつかまれるところがあるからね。いったいどこであいつと出会ったんだろう？」

「フランス語の夜のクラスですって」アガサは憂鬱そうに言った。「彼は講師なの」

ロイはバーにいる中世風の衣装を着た人々を見回した。「ぼくたちも仮装すればよかったですね、アギー」彼は残念そうだった。

アガサは腕時計を見た。「そろそろ村の広場に向かった方がよさそうね。豚を準備しているところを見たいわ」

霧が濃くなってきた。駐車している車がなかったら、衣装を着た村人たちが霧の中を歩き回っているので、中世に戻ったと勘違いしそうだった。

二人の男たちが、石炭の上で串刺しになっている大きな豚にオイルを塗っていた。たいまつを手にしている村人もいた。わずかに霧が晴れたときに、アガサは豚の臀部に矢で射貫かれたハートと、のたくった文字で「エイミー」というタトゥーが彫られているのを目にした。あわてて肉の塊をじっくり見ると、肉付きのいい両脚が膝の上で切断されている。

「ストップ！」彼女は声を限りに叫んだ。

二人の男たちは串を回すのを止め、彼女を見つめた。「豚にタトゥーなんてないはずよ」アガサは叫んだ。

二人はタトゥーを見た。「たぶん、誰かがいたずらをしたんだろうよ」一人が言った。

だがアガサは強力な懐中電灯をバッグから取り出し、頭を調べた。

「頭が縫い合わされている」彼女は言った。「ああ、大変、これは男の死体よ。警察を呼んで」

2

トニは寒くて不安になっていた。他の人々と合流したかったのに、ポールが彼女にぜひとも訊きたいことがあると言ったのだ。二人は初めての口げんかをしたところだった。ポールがチャールズを批判しても、トニが一切耳を貸さなかったせいだった。チャールズはいつも親切にしてくれるので、トニはポールに反論した。ポールはやりこめられ、ポケットに入れてきた指輪をいじった。

そのとき、霧の中からパトカーのサイレンが響いてきた。女性がむせび泣く声も聞こえた。「なんて恐ろしい。ぞっとする。殺人よ！」

トニはさっと立ち上がった。

「何かあったのよ。アガサのところに行かなくちゃ」

鮮やかな赤いコートを着たトニのスリムな姿は霧の中に消えた。罵（ののし）りながら、ポールも立ち上がって彼女を追った。

トニは集まっている群衆をかき分けて進まなくてはならなかった。警察は豚の丸焼きの一角を立ち入り禁止にしていた。彼女は人々の間を縫って、いちばん前に出た。炉の火と村人のたいまつの光で、アガサ、チャールズ、ロイがウィルクス警部に聴取されているのが見えた。ビル・ウォンがそのかたわらに立っている。ロイは後方に立ち、電話をかけるのに忙しそうだった。

トニは立ち入り禁止のテープをくぐった。警官が、戻れ、と叫んだが、ビルが顔を上げ、かまわないから彼女を通せ、と身振りで伝えた。

ポールも彼女に続こうとしたが、がっちりした警官が通せんぼをした。「向こうに行かなくちゃならないんだ。あそこにいるのは、ぼくのフィアンセなんだ」

「串刺しにされているやつか?」警官がたずねた。

「ちがう、このまぬけ。あのブロンドの子だよ、あそこの」

「おれをまぬけって言ったのか?」

「いや、ちがうよ」ポールは弱々しく答えて引き下がった。

延々と続く事情聴取を受けながら、アガサは震えていた。ゴシックホラーの映画の中に入り込んだような気がした。ふと元夫ジェームズのことが頭に浮かんだ。チャールズがプロポーズしていると誤解された夜から、ジェームズに会っていない。実はチャールズは指輪をプレゼントしようとしただけだったのだが、ジェームズがやって来る足音を聞きつけたアガサがひざまずいて渡してほしい、と頼んだのだ。

残虐な現場が、ふいに白い光でこうこうと照らされた。テレビクルーがやって来たのだ。

「死体の周囲に目隠しを張れ」ウィルクスがいらいらと命じた。「ミセス・レーズン、あなたと友人たちには警察署に来てもらって正式な供述をしていただきたい。つまり、きみもだ」と彼はロイの腕をつかんだ。ロイはテープをくぐって、テレビのキャスターたちの方に行こうとしていた。

アガサは自分の車で全員を警察署に乗せていく、と言った。ポールがテープの向こうで何か叫んでいるのが見えたが、トニには黙っていた。

警察署でさらに何時間も聴取されてから、全員が疲れ果てて供述書にサインした。ビルが受付までみんなを送っていった。

アガサは彼をかたわらに引っ張っていって、小声でささやいた。

「お願いがあるの。トニにポール・フィンリーっていう新しい彼氏ができたのよ。ミルセスター・カレッジの講師。警察のファイルで、彼に何か前科がないか調べてもらえない？」

「この事件で手一杯なんですよ。ああ、にらまないでください。時間がとれたら、やってみます」

ガラスのドア越しに、トニはポールが外で待っているのに気づいた。

「いっしょにわたしのコテージに来る？」アガサはたずねた。

トニはアガサと殺人事件について話し合いたかった――殺人だと判明したら。もしかしたら墓地か死体保管所から死体を盗んできた悪ふざけかもしれないけれど――とたんに、今夜はもうポールと会いたくない、と感じた。

「コテージで合流します」トニは言った。「ポールには家に帰ったって言っておいてください」

「よかった！　いえ、了解」アガサはあわてて言い直した。

警察署のレイアウトを熟知しているトニは裏口から出た。ゆっくりと警察署の正面に回っていくと、ポールの姿はなかった。彼女はミルセスターからポールを乗せてカースリーまで行き、アガサのコテージに自分の車を置いてきていた。ポールはパトカーに乗せてもらうかタクシーで、ここまで来たのだろう。

トニはタクシーがやって来るのを見つけて呼び止めた。

アガサのコテージには新聞社やテレビ局が詰めかけていた。ロイが思いつく限りのメディアの支社に電話をかけまくったのだ。ロイは満面の笑みを浮かべながらアガサの隣に立ち、毛がないことを忘れて、ときどきシャンプーの広告の出演者のように頭をさっと振った。あとでテレビで自分の姿を見たとき、彼は絶望の叫び声をあげた。馬鹿みたいなにやにや笑いをしているうえ、頭を振るのが神経性の痙攣に見えたからだ。

アガサは短い記者会見をした。トニが記者たちの間をかき分けていくと、「トニ！トニ！」と彼女に気づいた数人の記者が呼びかけた。「ひとこと、お願いします」アガサはさっと振り向き、トニを鋭い目つきでにらんだ。美しい探偵は死体が発見されたとき現場にもいなかったのだから、自分に代わって脚光を浴びるなんて許せなかった。

トニは逃げるようにコテージに入っていき、アガサはそのあとから中に入るとドアを乱暴に閉めた。ロイとチャールズはすでにリビングにいた。チャールズはテレビをつけた。

「消してちょうだい！」アガサが命令した。

「でも、スカイテレビで《CSI：マイアミ》の再放送があるんだ」チャールズは抗議した。「はいはい、わかったよ」

「ありがとう。いい、わたしたちはこの事件を解決しなくてはならない」アガサは宣言した。

「豚が何者だったのかわかるまでは、あまりできることはないよ」チャールズはあくびを噛み殺した。「ビルがあなたを聴取したんだよね、アガサ。われわれがあそこに行く前に何があったのか話してた？」

「いいえ。でも、焼き串を回していた二人に、ウィルクスが事情を聞いているのが聞こえたわ。騎士の格好をした二人組の男が、キャンバス地の袋に入れて串に刺した豚を運んできたそうよ。名前は忘れたけど片方の焼き串担当が言うには、もともと地元の肉屋がバンで運んでくることになっていたんだけど、仮装して豚を運んでいったらもっとおもしろくなると肉屋に提案されたとか。警察は二人の騎士たちを捜すように命じたけど、手がかりは何も見つからないんじゃないかしら」

「焼き串に刺されたのが誰にしても」とトニが口を開いた。「すごく憎まれていたにちがいありませんよ。犯人はこんなに手間をかけてるし、見つかる危険まで冒したんですから！　あなたが豚じゃないって気づかなかったら、ウィンター・パーヴァでは人食い人種が大量に出たところでしたね」

「ああ疲れた」ロイが言った。「きっと悪夢にうなされるにちがいない。もうベッドに入ります」

「わたしは家に帰るよ」チャールズが言った。「トニがソファで寝ればいい」

トニは彼に感謝をこめて微笑みかけた。彼女は携帯電話を切っていて、複雑な気持ちでいた。ポールには申し訳ないが、探偵の仕事は彼女の大切なものだし、ポールが仕事について小馬鹿にしたように笑ったことを思い出すと、苦々しい思いがこみあげてきた。

アガサの電話が鳴った。「ああ、ポール、あなただったの」アガサは電話に出て言った。「いえ、ここにはいない。お母さんに会いにサウサンプトンに行くとか言っていたけど……え？　……わかった、伝えておくわ」電話を切ったアガサはトニに弁明した。「今夜は彼に会いたくないんじゃないかと思って」

「ええ、今夜は」トニは同意した。「明日、話をします」


翌朝、朝食がすむと、全員がテレビの前でニュースを熱心に待った。報道はがっかりするほど短かった。ロイはまた自分のみっともない姿に悲鳴をあげた。「今日から髪の毛を伸ばします」彼は宣言した。

ドアベルが鳴った。アガサがドアを開けると、ウィルクス警部、ビル・ウォン、知らない刑事、女性警官が戸口に立っていた。

「どうぞ」アガサは言った。「トニとロイはリビングにいるわ。みんないっしょに聴取する?」

「いえ、まず、あなたからお願いします」ウィルクスは言った。

「じゃあ、キッチンにどうぞ」アガサは言った。

警察のメンバーたちがキッチンのテーブルを囲むと、アガサはまた供述をとられた。質問が終わると、彼女は熱心にたずねた。「最新ニュースは?」

ビルが口を開いた。「ローストする豚を運んでくるはずの肉屋は、薬を飲まされて縛られているのが店で発見されました。死んだ男の身元はまだわかっていません。次はアシスタントのトニ・ギルモアと話したいんですが」

警察が帰ったときには、全員が震えあがり疲労困憊していた。遅延性ショックに襲われていたのだ。ロイはもうベッドに入ると弱々しく言い、トニは家に帰ると言った。

アガサは癒やしのために湯たんぽを作り、猫たちといっしょにベッドにもぐりこんだ。眠りに落ちかけたとたん、あのぞっとする警官が地獄の業火で火あぶりになればいい、と叫んだことを思い出した。はっと目を開けた。いまだに警官のことを「豚（ピッグ）」と呼ぶ人もいる。荒唐無稽かもしれない、と思いながら、また眠りに戻った。だが、どうしても寝付けなかった。

ビル・ウォンの携帯に電話をかけた。

彼が出ると、アガサはたずねた。「警官で行方不明になっている人がいない？」

「どういう意味ですか？」

「死んだ人の件。警官のこと、ピッグって呼ぶでしょ。ちょっと閃（ひらめ）いたの」

ビルは笑った。「小説を書くべきですよ、アガサ。事件のことはもう忘れて。警察に任せてください。またこの事件に首を突っ込まないでくださいね。こういう殺人者はきわめて危険なんですから」

なんだか気恥ずかしくなりながら、アガサはさよならと言うと、再び眠りに落ちていった。

「レーズンは何の用だったんだ？」翌朝、ウィルクスはたずねた。前夜にビルの会話の最後の部分だけを小耳にはさんだのだ。

ビルは無理やり笑みを浮かべた。「死んだ男は警官かもしれない、と言ってきたんです」

「で、どこからその突飛な空想が出てきたんだ？」

「警官はよくピッグと呼ばれるので、その結論に飛びついたようです」

「馬鹿馬鹿しい。さて、その勤務表を見てくれ。全員でこの事件にとりかかってもらいたい。タロック巡査部長を呼んでくれ」

タロックが部屋に入ってくると、ウィルクスは言った。「全員、会議室にそろっているか？　すぐに行く」

「全員います」タロックは言った。彼はまばゆい金髪のがっちりしたスコットランド人だった。「あ、ビーチ以外は。家にも電話したんですが、出なくて」

ウィルクスとビルはふいに狼狽（ろうばい）して、顔を見合わせた。

「まさか……」ウィルクスが言いかけた。

「これまで一日も休んだことがないんです」ビルは不安そうだった。

「向こうに行ってみてくれ」ウィルクスが命じた。「ピーターースン刑事をいっしょに連れていけ」

ビルは顔を輝かせた。アリス・ピーターースンはコリンズ刑事に代わって、最近、グロスター犯罪捜査部からやって来た。コリンズは底意地の悪い女性だったので、ようやくロンドンに異動してくれてビルはほっとしていた。ただし転勤先は彼女が熱望していたスコットランドヤードではなく、ブリクストン署だった。

アリスは頭が切れるうえに、きれいな黒髪の巻き毛と青い瞳の持ち主で、美人と言ってもよかった。

ビーチの家に向かう途中、ビルはアガサ・レーズンの妙な思いつきについて話した。

「ミセス・レーズンのことは聞いたことがあります」アリスは言った。「これまでいくつもの手柄を立てていますよね。しじゅう、へまをしでかして、たんにツイているだけだって言われてますけど、頭がいいにちがいありませんよ」

「今回ばかりは当たっていないことを祈るよ。ここだ」

ビルはウィンター・パーヴァの郊外にあるきれいで小さなコテージの前に駐車した。

「どうしてミルセスターに住んでいないんでしょう？」アリスがたずねた。

「こっちの方が不動産が安い、って言ってたよ。行こう」

ドアベルはなかったが、ライオンの頭の形をした巨大な真鍮(しんちゅう)製ドアノッカーがついていた。ビルはそれで力いっぱいドアをたたいた。

静寂。

二人の刑事は顔を見合わせた。二人とも経験から、無人の家には独特の静けさが漂っていることを知っていた。

ビルはドアノブを試した。「鍵がかかっている。表側のカーテンも閉まっているな。裏に回ってみるよ。きみは表側を見張っていてくれ」

ゆうべの夜の霧は薄くなり、靄（もや）になっていた。ビルは家の脇の小道を歩いていった。家の裏手に温室があったので、ビルはのぞきこんだ。

めちゃくちゃに荒らされていた。植物はすべて鉢から引っこ抜かれ、床に放り投げられている。ビルがアリスを呼ぶと、彼女は急いでやって来た。

「押し入らなくちゃならない」ビルは言った。

ビルが取っ手を回してみると裏口のドアが開いた。「防塵スーツを着た方がよさそうだ」二人は青いビニール製の鑑識課員用のジャンプスーツを着ると、中に入り、「ビーチ」と大声で呼びかけた。

キッチンに入った。密閉容器もシリアルの箱も小麦粉の袋も、どれも中身が床にぶちまけられていた。ついでリビングに行き、さらに小さなダイニングルームを調べてから、二階の寝室に上がった。あらゆるところがひっかき回されている。引き出しは開けたままで、衣類が投げ捨てられ、マットレスが切り裂かれている。家じゅうのどこもかしこも徹底的に捜索されたようだった。床板はひきはがされ、カーテンはひきずり下ろされ、絨毯は切られている。

家の中と、外の村の不気味な静寂のせいで、二人とも鼓膜が圧迫されるような気がした。ビルはバスルームのドアを開けたとたん、驚いて叫び声をあげた。いたるところに血がついていた。血は壁の上にまで飛び散り、バスルーム全体が血まみれだ。

二人は外に出て、暖をとるためにエンジンをかけた車にすわりこんだ。

「アガサは正しかったんだ」ビルは言った。「どうしてわかったんだろう?」

「妙なことに気づきました」アリスが言った。

「何だい?」

「兄がアンティーク業界にいるんです。リビングの家具のいくつかはとても高価なものでした。ただの巡査にジョージ王朝様式の戸棚なんて買えっこないですよね?」

「さっぱりわからない。サイレンが聞こえる。犯罪現場班の作業がすむまでは、何もできないな。頭を発見してくれるといいんだが」

「なんですって?」

「ゲーリー・ビーチの頭部だよ。彼の頭はどうなったんだろう?」

その晩、アガサとロイは夕食にパブに行った。パブは混雑していたが、アガサはどうにかひとつだけ空いていたテーブルに突進していき、小太りの村人、ミセス・ベンスンよりも一瞬早く、テーブルを確保した。

「ごいっしょさせてもらうしかないみたいね」ミセス・ベンスンが言った。

「それはできないわ」アガサはそっけなく返した。ぞっとする殺人事件のせいで動揺していたので、礼儀正しくする余裕などなかった。「二人だけで話したいから」

「まあ、そんなこと言われたのは初めてよ」ミセス・ベンスンが叫んだ。

「これで経験できたわね」アガサは椅子にすわると、彼女に背中を向けた。

ミセス・ベンスンはアガサをにらみつけると、プンプンしながらパブを出ていった。

腕時計をのぞいた。もうすぐ七時だ。急げば、チーズトーストでも作って、ラジオ4で《ジ・アーチャーズ》（田舎を舞台にしたドラマ）を聴ける。

《ジ・アーチャーズ》の前にニュースが入った。アナウンサーが、殺されたのはゲーリー・ビーチという警官だと伝えた。とたんに、アガサ・レーズンが村の店でビーチに対して脅し文句を並べていたことを思い出した。あのとき、ビーチが串刺しにされて地獄で焼かれればいい、とアガサは言ったのだ。《ジ・アーチャーズ》のことは頭から吹っ飛び、ミセス・ベンスンはミルセスターの警察署に電話した。

ロンドン行きの最終列車はすでにモートン＝イン＝マーシュ駅を出発してしまったので、アガサはロイをオックスフォード駅まで送って、さよならと手を振った。帰り道に雪がちらつき始め、骨の折れる運転でひどく疲れを感じた。カースリーに下る道では何度かスリップした。

コテージの外に警察のランドローバーが停まっているのを見て、心が沈んだ。

「今度は何なのよ？」真っ白になった外の冷たい闇に向かって叫んだ。

車を降りると、警官が近づいてきた。「いっしょに警察まで同行してください」

「なぜ？」アガサはけんか腰でたずねた。

「向こうに着けばわかります」警官は言った。


ミルセスターは雪に覆われた高い塔がいくつもそびえ、クリスマスカードみたいだった。照明で照らされた大聖堂が警察署をのぞきこむように建っていた。

アガサは受付の前で待つように指示された。最近、ロビーをもっと友好的な感じにしようとして改装されたものの、プラスチック製ヤシの木はほこりをかぶり、壁は硫黄のような黄色に塗られていた。ペンキ代を値切ったのだろうか、とアガサは思った。ところどころ、以前の味気ない緑色の壁がうっすらとのぞいていたからだ。

アリス・ピータースンに呼ばれ、アガサは彼女のあとから取り調べ室に入っていった。アガサはビルとウィルクスの前にすわった。アリスが録音機にテープを入れ、聴取が始まった。

「DNA検査の結果を待っているところです」ウィルクスは言った。「ただし、ゲーリー・ビーチの家を捜索した結果、彼が犠牲者だと信じるに至りました。ところで、あなたはカースリー村の店で、ゲーリー・ビーチを殺してやりたい、彼が串刺しにされて地獄で焼かれればいい、と言ったのを聞かれています。それについて、どう説明しますか？　しかもウィンター・パーヴァの濃い霧にもかかわらず、すぐに豚は人間だと識別した」

カースリーに引っ越してきたばかりの頃、村はもっと閉じられたコミュニティだったことをちらっと思い出した。いまや新入りがやって来ては去っていく。誰が通報したのだろう？　ミセス・エイダ・ベンソンの顔がすぐに思い浮かんだ。

「返事を待っているんですが」ウィルクスが切り口上でせかした。

「こういう事情なんです。カースリーの道が工事で渋滞していたとき、ハンドルから一瞬、手を離して湊をかんだら、ゲーリー・ビーチに違反キップを切られたんです。さらに時速五十一・二キロで速度違反のキップまで切られた。それで頭にきて、ただお店で怒りをぶちまけただけです。それに事件のあった週末には、お客が来ていました」

「名前は？」

「誰だか知ってるでしょ」

「聴取の邪魔をせず、記録のために質問に答えてください」

アガサは重いため息をついた。「ロイ・シルバーです」

「それから？」

「地元のイベントとして、豚の丸焼きが告知されているのを見た。うちの探偵のトニ・ギルモアも誘い、彼女は友人のポール・フィンリーといっしょに来た。チャールズ・フレイスも仲間に加わりました。豚の丸焼きのところに行くと……このあとのことはすでに話しました」

「いいからもう一度話してください」

「豚の丸焼きのところまで行くと、一瞬、霧が少し晴れた。村人の何人かはたいまつを持っていたんですが、その炎で、最初はてっきり豚の臀部と思っていた場所にタトゥーが見えたんです。ハートを矢が射貫いている模様で、エイミーという名前が彫れていた」

「他の人々は豚に悪ふざけをしたんだ、と思っていたようですが」ウィルクスは言った。

「自分の懐中電灯で豚の頭を照らしてみたら、胴体と縫い合わされているのが見えた。すぐに人間の死体だ、ってわかったわ」アガサは反抗的に言った。

「その二件の違反キップを切られる前に、ゲーリー・ビーチと会ったことはありますか？」

「いいえ」

「それでも、こちらのウォン刑事に、死体はゲーリー・ビーチかもしれないと言ったんですか？　きわめて不審に思えますね」

「もういい加減にしてよ」アガサはキレた。「彼の名前なんて口にしていない。被害者は警官かもしれない、って言っただけ。わたしがあの警官の殺人事件に関わっているなら、そんなこと言うわけないでしょ？」

「あなたならやりかねない」こうして質問は延々と続き、ようやく、国外に行かないようにと釘を刺されてから、疲労で目がチクチクするアガサは帰ることを許された。

アリスが家まで送ってくれた。「ようやく寝られそうでほっとしたわ」アガサは言った。「悪夢を見ないといいけど」

殺人についてアガサと話をしたと知ったらウィルクスはカンカンになるにちがいない、とわかっていたが、アガサはビルの友人だし、アリスはビルのことが好きだった。

「バスルームは血だらけでした。浴槽の中も壁も。どうして被害者が彼かもしれないって思ったんですか？」

「彼だなんて、思っていなかった。だけど、彼はわたし以外にも大勢の人を怒らせているでしょ。あのね、わたしはかなりの部分を直感に頼っているの。警察のような情報がないからよ。ビーチは結婚していたの？」

「離婚してました。元妻はフロリダで休暇を過ごしています」

「本当に？　彼女には自分の財産があるの？」

「われわれの知らない金持ちの男と出会ったなら別ですけど、財産はありません。結婚前に、スーパーのレジ係をしていたんです。だけど、ゲーリーはお金を持っていたにちがいありませんよ。だって、リビングに値の張るアンティークが置いてありましたから。家じゅうが荒らされていました」

アガサのコテージに着くと、アリスはあわてて言った。「事件の話をしたことは誰にも言わないでくださいね。すごくまずいことになるかもしれませんから」

「もちろんよ」アガサは約束した。「雪が止んで、道に塩と砂をまいてくれてよかった」

アガサはゲーリー・ビーチについてもっと探りだしたかったが、今は探偵事務所で頼まれている案件を片付けなくてはならない、と我慢した。

いくつかの案件では、寒い中、何時間も外に立って、不倫をしている配偶者の姿がないか家を見張らねばならなかった。アガサは離婚案件は気が進まなかったが、イギリスはひどい不況で、仕事があるだけで感謝するべきなのだろう。


厳しい寒さが続いていた。人々は地球温暖化というのは、国民がゴミを分別しなかったり、三ヵ月ごとに煙突掃除人を雇わなかったりすることで罰金を払わせようとするのと同じく、国の策略のひとつなのではないかと疑いはじめていた。だから、そのうち飛行機が家の上空を飛び、カーボンフットプリントをスパイするかもしれない。

虐げられたカースリーの村人たちは一団となって、ミルセスターの市庁舎の前で頻繁な停電に抗議するデモ行進をおこなった。

アガサは簡単に設置できるだろうと思い、発電機を買うことにした。業者は火事や災害をさんざん見てきたにちがいない陰気な男だった。

アガサが発電機をキッチンに設置してほしい、と言うと、男はぞっとしたようにあかぎれの両手を振り上げた。「それはできないよ、奥さん。発電機はガソリンで動くから、ガスを吸いこんで死んじまう。家の外に設置しなくちゃ。だけんど、濡れるところもまずい。発電機用のちっこい小屋が必要だ」

結局、大工がキッチンドアの外に小さな小屋を建ててくれ、発電機の業者は聖書くらいの大きさの六ヵ国語で書かれた使用説明書をアガサに渡すと帰っていった。

ゲーリー・ビーチ殺人事件の二週間後、寒い一日の仕事から帰ってみると、またもや停電になっていた。慎重に説明書の指示に従い発電機のスイッチを入れると、通電した。

片手にジントニックの大きなグラス、もう片方の手に煙草を持って、テレビの前でくつろいでいると、ドアベルが鳴った。

ドアを開けると牧師の妻だった。その後ろには二組の年配の夫婦がいた。

「入ってもいいかしら、ミセス・レーズン？」

「どうぞ。何があったの？」

「こちらはフレンド夫妻とテレンス夫妻よ。石油を買うお金がないんだけど、高齢でこの厳しい寒さには耐えられなくなっているの。電気が通るまで、避難させてもらえないかしら？」

アガサは叫びたかった。「嫌よ！」しかし、牧師の妻の落ち着き払った目は、じっとアガサの顔を見つめている。

「わかったわ」しぶしぶ言った。

「電気が復旧したらすぐに電話する」ミセス・ブロクスビーは言った。「そして迎えに来るわね」

彼女が帰ってしまうと、アガサは老人たちを手伝ってコートとマフラーを脱がせ、リビングにすわらせた。食事はしたのか、とたずねると、もうすんだ、ということだった。何か飲むかと訊くと、全員がいただきたい、とつぶやいた。高齢のせいで、全員が頻繁に二階のトイレに行った。テレンス夫妻は大丈夫だったが、フレンド夫妻は階段を上るのに手助けが必要だった。一人を二階に連れていって戻ってくるや、もう一人が「あそこ」に行きたいと言いだすみたいで、アガサは階段の上り下りに追われぐったりだった。

何時間も発電機は作動を続けていた。アガサは何度も玄関を開け、村の明かりがついていないか心配になって通りを確認した。業者は発電機の電流と復旧した電流の両方に電線が耐えられないと「家が丸焼けになる」、と警告していたのだ。

ミセス・ブロクスビーが電話してきた。「ひどいのよ。何度も電力会社に電話しているんだけど、『すぐに復旧します』って言うばかりなの。でも、相変わらず停電のまま。みんな、どうしてる？」

アガサは新しいコードレスホンを手にリビングのドアまで歩いていった。

「みんな眠りこんでる。じゃあ、もう少しこのままにしておくわね」電話を切ったとたん、明かりがついた。アガサは走っていって発電機のスイッチを切った。

ミセス・ブロクスビーが電話してきた。「そっちに行くわ」

アガサは寝ている客たちを起こした。ミスター・フレンドはよろよろと立ち上がった。「あの警官を殺した犯人は見つけてほしくないな」彼は言った。

「どうして？」アガサはたずねた。

「わしを法廷に立たせて、陰部を露出した罪で告発しようとしていたんだ」

「なんですって！　どうしてそんなことになったんですか？」

「女房と散歩に出かけたんだが、小便をしたくなってね、藪（やぶ）の陰に行った。そこなら誰もいないからな。ともかく、わしはそう思っとった。だが、あのくそったれのビーチがいきなり現れて、陰部を見せたと言って逮捕したんだよ。このわしをだぞ！　教会にもずっと行っている敬虔な信者なのに。恥を知れ。自分の手であいつを殺してやりたかった」

「法廷には出頭したんですか？」アガサはたずねた。

「いや。でも、地元の新聞に出た。大恥だ。言っとくがね、あんた、あいつが死ねばいい、ってこれだけ大勢の人間が願っているんじゃ、警察は殺人者を見つけることなんてできねえだろうな」

3

アガサは寝過ごした。そして掛け布団から鼻を出したとたん、部屋が冷えていることに気づいた。ベッドサイドのテーブルランプをつけても、点灯しなかった。

ベッドから出ると、いちばん暖かい服を選んだ。フリースの裏地がついたスエードのブーツをはいて階下に行きながら、またハイヒールをはくときが来るだろうか、と暗い気分で思った。ヒールのない靴ほど気が滅入るものはない。

発電機のスイッチはできたら入れたくなかった。あの機械を作動させることを考えただけで恐怖を覚えた。

電力会社に電話して、電力をさっさと復旧しないことに罵詈雑言を浴びせたら、気分はぐんとよくなった。

車のラジオで、海外から塩が輸入されていることを伝えていた。ヨーロッパ大陸も大雪になっているのに、よくそんな余裕があるものだ。

アガサの探偵事務所は、大聖堂近くの狭くて曲がりくねった通り沿いにある古い建物の一室だった。階段で二階まで上がっていき、事務所の霜のついたドアを開けた。

アガサが入っていくと、トニ、パトリック・マリガン、フィル・マーシャルが熱心にしゃべっていた。

「何があったの？」アガサはコートを脱ぎながらたずねた。

「クライアントが来たんです」トニが言った。「予想もつかない人です」

「教えてちょうだい」遅れたことで自分にいらつきながら、アガサは不機嫌に言った。

「ゲーリー・ビーチの元妻です」トニが言った。「元夫を殺した犯人を見つけるために、あたしたちを雇いたいそうです」

「なのに、わたしに電話もしなかったの？　わたしが来る前に彼女を帰らせちゃったのね？」

フィルが銀髪をなでつけると、穏やかに口を開いた。「彼女は自宅であなたを待っています。あなたが来るまで、われわれはここで待っていることにしたんですよ」

「だけど、どうしてみんな、仕事をしていないの？」

「すごくいいニュースだからさ」いつも以上に疲れたブラッドハウンド犬のように見えるパトリックが言った。「全員で待っていて、あんたに話そうって、トニが言ったんでね。ゲーリーの元妻は、今はミセス・リチャーズになっている。スーパーマーケットのオーナーと再婚したんだよ。大金を払う用意があるそうだ」

アガサはふいに自分がちっぽけで意地悪な人間に思えてきた。

「ごめんなさい。みんな、待っていてくれてありがとう。どうして元夫を殺した犯人を見つけたがっているのか説明していた？　離婚したなら、誰が元夫を殺そうと、どうでもいいんじゃない」

「それがですね」トニは興奮していた。「彼の方から離婚を切り出したんです」

「住所を教えて。向こうに行ってくる」アガサはコートを着ながら言った。

ミセス・リチャーズは街の高級住宅地にある大きなヴィラに住んでいた。またもや羽毛のような雪が降りはじめ、アガサを催眠術にかけようとするかのように目の前でくるくる回転している。彼女は短い私道を走って、車を停めた。

いくら払ってくれるのか訊いておいてくれればよかったのに、とアガサは思った。ドアベルを押し、ウェストミンスター寺院の鐘の心地よい響きに耳を澄ませた。

ドアが開いた。アガサはまばたきした。「ミセス・リチャーズはご在宅ですか？」

「あたしがミセス・リチャーズです。エイミーって呼んでください。アガサ・レーズンですね？」

「そうです」

「入ってください」

エイミー・リチャーズは本物の日焼けをした小柄なブロンド女性で、完璧なスタイルをしていた。ハート形の顔に大きな青い瞳。一階のリビングに通され、雪の反射する白い外光にエイミーの顔が照らされたとき、彼女は見かけよりも年をとっているし、フェイスリフトをしているらしいことがわかった。腕のいい形成外科医は若々しい外見を取り戻すことはできるが、目の中の年齢と経験が表わすものまでは変えられない。彼女はブルーのカシミアのセーターを着ていた。まさに瞳の色だ。いや、彼女の瞳ではなく、コンタクトレンズの色だ、とアガサは思った。それにぴったりしたグレーのカシミアのパンツに、ハイヒールのアンクルブーツ。

「すわってください」エイミーはやわらかなグロスターシャー訛りで言った。「何か飲み物でも？」

「けっこうです」アガサは言った。大きなバッグからノートを取り出した。「ご主人の方から離婚を申し出たことに驚いています。どうしてなんです？」

「他の女性がいたんだと思うわ」

アガサは目の前の美しい人を眺め、それからずんぐりした醜いビーチのことを考えた。

「とても信じられないんです。違反キップを切られたときに元ご主人と会ってますけど。美男子とは言えなかった」

「ちょっと待って。お見せしたいものがあるの」

エイミーは部屋を出ていき、少しして写真を持って戻ってきた。それをアガサに渡した。「あたしとゲーリーの結婚式の写真よ」

写真の中のエイミーは小柄でぽっちゃりしていて、茶色の髪をして出っ歯だった。

「美人とはほど遠かったの」エイミーは言った。

「どうして変身したんですか？　今のご主人のため？」

「いいえ、実はいろいろあって。ゲーリーはしみったれだった。それにいつも暴力をふるった。だけど、あたしは彼を愛していたんです。いつも支配的な男性に惹かれてしまうみたい。ゲーリーは離婚調停で多額のお金をくれました。でも、あたしはすごく落ち込んでいたので、休暇をとってフロリダに行くことにした。そしたら飛行機の予約の手違いがあって、航空会社がお詫びにファーストクラスにグレードアップしてくれたの。そこでアートというビジネスマンと出会いました。とても親切な人だった。

奥さんが家を出ていったばかりで、マイアミに着いたら離婚問題に決着をつけるつもりだと話していた。ゲーリーのことを洗いざらい打ち明けると『大変身して、彼に後悔させてやればいい』って勧めるんです。それには莫大なお金がかかるにちがいない、と言うと、彼が資金を出してくれることになった。その代わり、整形したあとに彼と待ち合わせて妻と会うことになりました。彼は妻に嫉妬させたがっていたんです」

「彼のフルネームは？」

「アート・マッケンジー三世。ヘッジファンドの仕事をしていると言ってました。生け垣（ヘッジ）と言うから、てっきり庭師なのかと思った。彼は仕事について説明してくれたけど、あたしには理解できませんでした」

「不思議なのは、フロリダで美人を雇えばすむのに、どうしてそうしなかったかですね」

「あたしは彼のお母さんを思い出させるんだと言ってました」

とことん、いかれてる、とアガサは思ったが、口ではこう言った。「続けてください」

「ええと、三ヵ月かけて施術を受けました。彼はひと財産使ったにちがいないわ。整形が終わると、とても満足した、とアートが言ったので、あたしは訊きました。『いつ奥さんに会うんですか?』そうしたら、それはまだだ、と言うんです。だけど、その前にひと仕事してほしいと言いだして。彼は大きなコールガール斡旋会社を経営していて、数人のアラブ人が街に来ることになっている。あたしはただかわいらしくふるまって、連中がペントハウスの部屋で大量の酒を飲むように仕向ければいいって。アートはがらりと態度が変わったんです。整形手術をする前はさんざん泣いて、あたしは彼の癒やしだと言ってくれた。でも、整形後は冷酷でビジネスライクになり、どれだけ大金を使ったか、ということばかり、くどくど言うようになったんです。

あたしは世間知らずですけど、まったくのうぶではないので、売春みたいなことをさせたがっているんだと察しました。気分が悪くなって、ホテルのロビーにすわって泣いていたんです。お金がなくて、帰りの飛行機のチケット代も払えなかったから」

「英国大使館に行けばよかったのに」アガサは指摘した。

彼女は目を丸くした。「そんなこと、思いつきもしませんでした。それまで国外に行ったこともなかったから。だけど、そのときバンチーに会ったんです」

「バンチーとは誰ですか?」

「ミスター・リチャーズです。本当はトムという名前なんですけど、バンチーって呼んでます。愛称なんです。ともあれ、彼はあたしに近づいてきて、どうしたのかとたずねました。イギリス人の彼の声を聞いたとたん、あたしはいっそう激しく泣きじゃくりました。彼に警察に行くべきだと勧められましたけど、そもそもアートに大金を使わせた悪女だと思われ、売春で逮捕されるかもしれない、と不安だった。すると、彼はこれから帰国便に乗るけれど、偶然にもミルセスターに住んでいる、と言ったんです。神さまはいるんだと思ったわ。ずっと一生懸命祈っていたんです。彼はあたしもいっしょに連れていってくれると言って、こっちに戻ってきて二週間後に結婚しました」

「このアートという男があなたをイギリスまで捜しに来て、ゲーリーに仕返しをした、と考えたのかしら?」

彼女はコラーゲンを注入した唇を噛んだ。「わかりません」

「どうしてご主人はビーチを殺した犯人を見つけるために、わたしの事務所に支払いをする気になったんでしょう? だって、彼とは何の関係もないでしょ?」

「ああ、主人はあたしのためなら何でもしてくれるんです。お金をどっさり持っていて、あたしに気前のいいお小遣いをくれるの。だから、あなたにフロリダに行って調べてもらおうかと思っているんです」

「ゲーリーとの結婚のことに話を戻しましょう。どうやって出会ったんですか?」

「彼はスーパーに定期的に来て、ビールを買っていたんです。そのうちデートに誘われ、最高のお店にあちこち連れていってくれた。それで、うまく口説かれて」

「彼がどこからお金を手に入れているか不安になったことはありませんか？　警官のお給料はそれほど多くないことはご存じですよね？」

「一度たずねたら、ベルトでぶたれ、二度とその質問をするな、と怒られました」

「なんですって、どうして別れなかったの？」

「だって、父にもひどくぶたれていたから。男性はそういうことをするもんだ、って思ってました。そのうちゲーリーはひと晩じゅう留守にするようになり、別の女性がいるんだと思いました。ある晩、彼が寝ているときにデスクの鍵を手に入れて、ラブレターがないか捜そうとしたんです。でも彼に見つかって殴られ、肋骨を折られて。それから、おまえはもう用なしだ、出ていくなら気前よく金をやる、って言われました」

「ちょっと話を整理させて。この男はあなたを殴り、虐待し、離婚した。それでも、誰が彼を殺したかを知りたいと思っているんですか？」

「どうしても知りたいんです。別の女性と関係があったと思うから」

「だけど、別の女性がいたという証拠はないんでしょ？」

「でも、何度か電話が鳴って、あたしが出るとすぐに切れたので」

「警察にフロリダの男のことを話した？」

「気が進まなくて。わざわざ悪女だと思われたくないでしょ？」

アガサはすばやく考えた。本来なら、警察に行くように説得するべきだった。フロリダのFBIが、きっとこのアート・マッケンジーという男を見つけだすだろう。それが本名だとしてだが。エイミーは本当にそれほど世間知らずなのだろうか？

「アートに償ってもらいたいんです」エイミーは言った。「整形手術って受けたことがあります？　あら、失礼。もちろんないですよね。あのね、めちゃくちゃ痛いんです。歯をまっすぐにするのも脂肪吸引も、何もかも。少しは見返りがほしいんです」

「どうして彼があなたを選んだのか、やっぱり理解できないわ」アガサは言った。

「フロリダなら、きれいな女性をいくらでも見つけられるでしょ、それだけの費用をかけなくても」

「アートはしばらくのあいだあたしを愛していたんだと思います」エイミーは言った。

「それに、お母さんの写真を見せてもらったら、あたしにそっくりだったの」

「なるほど」アガサは凍てついた窓の外を眺めた。「フロリダから調べた方がよさそうね。すべての経費と一日当たりの費用を負担していただけるんですね？」

「ええ、そうです。ミセス・フリードマンから費用のことは聞いてますし、書類にサインしました」

「ご主人とも話せるかしら？」

「主人はとても忙しいので」

「どういうお仕事なんですか？」

「リチャーズ・スーパーマーケットを経営しています」

そのスーパーなら聞き覚えがあった。国じゅうに何店舗もある。

「少し考えさせて。また連絡します」


アガサは夕方にスタッフを招集して、元ミセス・ビーチから聞きとったことを報告した。

「ついてますね」トニは言った。「あたしは喜んでフロリダに行きますよ」

「このアートっていう男とビーチのあいだに関係があるかどうか、調べた方がいいと思うの。今のところ、警察のできないことでわたしたちにやれることはなさそうね。エイミーは売春組織について、警察に何か話したのかしら？」

「いや、まったく」パトリックが言った。「休暇でフロリダに行っていて、そこで新しい夫と出会ったと話しているようだ。このアートって男のことはまったく耳にしていないな」

「何もかも、偶然すぎやしませんか？」トニが発言した。「だって、このリチャーズがちょうどいいタイミングで現れて、彼女をミルセスターに連れ帰ったなんて」

「すべてが作り話だったら？」フィルが言った。「あなたには評判がありますからね、アガサ」

「どういう評判？」アガサは警戒しながらたずねた。

「優秀な探偵という評判です。彼女は新聞で読むか、警察から聞いて、あなたがビーチの死体を発見したことを知った。あなたをそばで見張るには雇うのがいちばんいい。さらにいいのは、彼女が離婚の慰謝料をフロリダで整形手術に使ったと言えば、あなたを国外に追い出し、事件から遠ざけるための絶好の口実になる」

「しかも」とパトリックが口を添えた。「このリチャーズってやつが殺人に関わっているのかもしれない。彼女は国外にいたが、彼はどこにいた？　しばらくこっちで様子を見るべきだと思うよ、アガサ」

　風が古い建物の周囲でうなり声をあげ、みぞれが窓ガラスをたたいている。

「わたしはフロリダに行くつもりよ」アガサは言った。「今晩、また彼女を訪ねて、バンチーといっしょのところを確認してくる」

「バンチーって誰ですか？」トニがたずねた。

「夫の愛称。そういえば、ポールはどうしてるの？」

「元気です、おかげさまで」トニはすまして言った。

「頻繁に会ってるの？」

「それって仕事と関係あるんですか？」トニが声を荒らげた。

「ううん、そうじゃないけど――」

「じゃ、放っておいて」

「お忘れかしら、ミズ・ギルモア、あなた、雇い主と話しているのよ？」

「あたしの母親でもないくせに」トニは事務所から飛び出していった。

「自業自得ですよ」フィルが言った。「口出ししない方がいい。さもないと、仕返しのためだけにポールと結婚するかもしれない」


アガサはみんなが帰ったあと、一人で事務所にすわって、本当にフロリダに行く意味があるだろうか、それともエイミーは作り話をしているんだろうか、と考えていた。フロリダのことは忘れた方がいいとふいに感じた。やはりアガサを国外に追いやろうという策略なのだ。絶対にビーチの死の真相はコッツウォルズにある。さらにサイモン・ブラックについての不安も、悩みの種だった。彼がアフガニスタンで命を落としたらどうしよう？　死亡者の名前は随時、公表されている。トニは彼に恋をしていたのだろうか？　どうして恋路を邪魔してしまったのだろう？　意地悪な良心が説教した。トニはおまえの娘ではないし、たとえ娘だとしても、娘の人生に口をはさむべきではなかったんだ。

アガサはぶるっと体を震わせた。フロリダの件は警察に任せよう。コートを着て凍てつく寒さの中に出ていき、警察署まで歩いていった。受付で、ウィルクスに伝えたい重要なことがある、と告げた。

すぐに取り調べ室に通された。「今度は何ですか？」ウィルクスは用心深くたずねた。

アガサはときどきメモを見ながら、エイミー・リチャーズから聞いたことを洗いざらい報告した。

話し終えると、ウィルクスは皮肉っぽくアガサを見た。「過去の経験から、この情報を自分の胸だけにしまっておこうとしたはずですよね。とりわけその女性に雇われたのなら」

「フロリダの話も、リチャーズと都合よく知り合ったという説明も、まったく信じられなかったんです。なんらかの理由で、彼女はわたしを国外に追い払いたがっているんだと思います」

「あなたは優秀な探偵だから、ここにいたら警察には手に負えない事件を解決しそうだから？」

「そんなようなことかしら」アガサはつぶやいた。

「まあ、少なくとも、ようやく理性を取り戻したようですね。ちょっと待っていてください」

アガサは煙草が吸いたいと思いながら、目の前のテーブルの傷跡を指でなぞって待っていた。

ようやくウィルクスがアリス・ピータースン刑事といっしょに戻ってきた。彼はテープレコーダーのスイッチを入れると、アガサに最初から話を繰り返させた。彼女が話し終えると、ウィルクスはたずねた。「ミセス・リチャーズは警察に言うなと、口止めしましたか？」

「いいえ、はっきりとは。悪女だと思われたくないので警察には事情を話したくない、とは言っていました。あの、お願いですから、彼女にこのことをばらさないでください。わたしにはこの契約が必要だし、それくらい約束してくれてもいいですよね」

「あなたに借りがあるみたいな言い草ですね」とウィルクス。

「あら、あるでしょ。何度もわたしが力を貸してきたことを思い出してほしいわ」

ウィルクスはため息をついた。「できるだけそつなくやりますよ。ＦＢＩのおかげで彼女の最近の行動をたどれたので、こっちが引き継ぐことになった、と話します」

その返答で、アガサは満足するしかなかった。

4

アガサがコテージに戻ると、ビル・ウォンが待っていた。

「ずいぶん待たされました」ビルはぼやきながらキッチンの椅子にすわった。たちまち一匹の猫は彼の首に巻きつき、もう一匹は膝に寝そべった。アガサはヒーターが復活したのでうれしかった。

警察署に行っていたことと、その理由を話してから、アガサは質問した。

「どうしてここに来たの？　まだ質問があるの？」

「いえ、あなたの件は何も知らなかったんですが、ポール・フィンリーのことがわかったので」

「どんなこと？」

「二年前まで結婚してたんです。奥さんは虐待を申し立てて離婚しました。二人の子どもの監護権も奥さんが持っています」

「精神的虐待、それとも肉体的虐待？」

「両方です」

アガサは両手で顔を覆った。「困ったことになるわ」

「あなたがですか？　トニはどうなんです？　彼女に警告しないと」

「ええ、そうよね。でも、それではすまないの。わたし、まずいことをしちゃったよ」

「またですか？」

「冗談ごとじゃないのよ。ここで働いていたサイモン・ブラック青年はトニに熱をあげていたの。だけど彼女は結婚するには若すぎるわ！」

「それに、優秀な探偵を失いたくなかった」ビルが皮肉を口にした。

「サイモンに三年待ってくれたら、もう邪魔しない、って言ったの。そしたら彼は軍隊に入って、今はアフガニスタンにいる」

「アガサ、トニに対する嫉妬で、そういう恐ろしい策略を考えついたんじゃないでしょうね？」

「まさか、ちがうわ。あの子のことを心配したからよ。サイモンはどこか不安定なところがあったの」

「じゃあ、彼が英雄として死なないことを祈りましょう。事件の調査について話してください」

アガサは腕時計を見た。「今夜エイミーを訪ねたいと思っているの。もうそろそろ出た方がよさそう。フロリダに行ったと思わせて、ひそかに調べるつもりでいる」

「近所で姿を見られますよ」

「変装するわ。だけど、リチャーズとどうしても会っておきたいのよ。トニのことはどうしましょう?」

「これから彼女に会ってきます。今夜は非番なんです」

「サイモンのことは黙っていてね!」

「ええ、あなた次第ですけどね」


ポール・フィンリーはトニの部屋まで狭い階段を上がっていきながら、わくわくしていた。トニがディナーに誘ってくれ、大切な話がある、と言ったのは、少なくとも幸先がよさそうだ。トニは彼の理想の女性だった。若くて美しく、まちがいなく従順だ。女性の務めは常に夫を支え、夫の意見に従うことだ。

これまでトニの部屋に行ったことがなかったので、ソファには人形が置かれ、壁にはポップグループのポスターが貼られているのだろうと予想していた。しかし、トニの部屋は趣味よく飾りつけられていた。一方の壁には書棚。ペイパーバックとハードカバーの本がぎっしり詰まっている。反対側の壁には額に入れられた二枚の絵。パウル・クレーと彼の知らない画家のコッツウォルズの風景画だった。窓辺には丸テーブル。

「こんにちは、ポール」トニは緊張した声で言った。「ディナーに行く前に一杯どう？」

「何があるんだい？」

「ビールかワイン」

「ワインがいいな。どこのワイン？」ポールは彼女の手からボトルをとった。「まるで知らないな――ブロックリー・メルローとは！」ブロックリーはモートン＝イン＝マーシュの近くの村だった。

「地元の会社で輸入して瓶詰めしているの。ブロックリー村のお店に行ったことがある？　嘘みたいにすごいんだよ、ありとあらゆるワインが揃っていて。チャールズが、このワインはとてもおいしいって勧めてくれたの」

「ビールにしておくよ」ポールはぶしつけに言った。

トニは肩をすくめた。彼女はビールの栓を抜き、グラスに注いだ。彼女はカットオフジーンズに色あせたTシャツという格好だった。

「今夜は大切なイベントなのかと思っていた」ポールは彼女の服をじろじろ見ながら言った。

「というか、悲しいイベントね。どうかすわって」

彼は二人用のソファにすわり、隣を軽くたたいて誘ったが、トニは座面の硬い椅子をひきずってくると向かい側にすわった。殺人事件以後、トニは二度しか彼と会っていなかった。どちらのときも、ポールは自分の優秀さについてえらそうに自慢しているか、彼女の仕事は危険だと説教するかだった。精神科医だったら、トニは代理父を求めていた、と言うかもしれない。

「実はね、ポール、あたしは仕事が忙しくて、もうデートに割く時間がなさそうなの」

ポールの顔が怒りでひきつった。「ぼくを捨てるつもりなのか?」

「ずいぶんおおげさな言い方だね」トニは言った。「あたしが言いたいのは……ただ、あたしたちは合わないってことだけ」

「おまえみたいな小娘には、お尻をぶってやる必要があるな」トニが気づいたときに

は、ポールは彼女を椅子からひきずり下ろして膝にのせると、お尻をぶちはじめてい
た。トニは二人の体のあいだに手を伸ばし、彼の急所を思い切りつかんだ。ポールは
悲鳴をあげてトニを放り出し、床にころがった。

まさにその瞬間、ドアが開き、ビル・ウォンが入ってきた。

彼はトニを立たせた。「何があったんだ？　彼に暴力をふるわれたのか？」

「もう会いたくないと言ったら、お尻をぶたれた」

ビルはまだ身をよじっているポールを立たせると、手錠をかけた。それから権利を
読み、暴行で逮捕した。

「向こうが襲ったんだぞ」ポールはわめいた。

「もういい、忘れましょ」トニは言った。

ビルは彼女を見た。「こいつはこれまでにも暴力をふるってるし、またやるだろう。
元妻は肉体的および精神的虐待のせいで離婚したんだ。一度は肋骨を折られたし、別
のときは顎の骨を折られた。実情を知っていたのか、トニ？」

「わかった。彼を連行して」

「大丈夫かい？　誰か電話する相手はいる？」

「いいえ、もう大丈夫」

アガサはそのときエイミーにフロリダに行く、と話しているところだった。

「ご主人はご在宅ですか?」彼女はたずねた。

「もうじき帰ってくると思うわ」エイミーはそわそわしていた。

「ピリピリしているみたいですね」

「かわいそうなゲーリーを殺した犯人があたしも襲うかもしれないって、不安なんです」

「あなたが何か知っていると思っているんじゃなければ大丈夫よ」

ドアベルが鳴った。「バンチーだわ!」エイミーは叫んで、勢いよく立ち上がった。

「ご主人は鍵を持っていないの……」アガサは言いかけた。だが、リビングのドアが開き、エイミーが小柄なずんぐりした男を連れて入ってきた。グレーのウーステッド生地の高級なスーツを着ていた。脂っぽい茶色の髪に赤ら顔、大きなピエロみたいな口をしている。

「こちらがバンチーよ!」エイミーが紹介した。「じゃ、アガサ、いい旅行を。連絡をお願いね」

「できたらご主人と少しお話ししたいんですけど」

「あら、今はまずいわ。かわいそうなバンチーはくたくただから」

アガサはドアの方に押しだされた。

「なんだかすごく奇妙ね」アガサは外のイボタノキの生け垣に向かってぼやいた。車に乗りこむと、通りの少し先まで走って駐車した。そこからだと家の玄関が街灯の光でよく見えた。ひどく寒かったが、エンジンはかけたくなかった。バンチーは本当に彼女の夫なのかしら。玄関の鍵も持っていなかった。

一時間後、ドアが開き、バンチーが現れた。彼はそそくさと黒のBMWに乗りこむと、走りだした。アガサはつけていった。彼はミルセスターを通り抜け、町の北のはずれに向かった。そのあたりには道からひっこんで建てられた大きなヴィラが並んでいる。バンチーの車が停まった。

アガサは車から降りると、ゆっくり歩いていった。バンチーは一軒のヴィラの私道を歩いていき、鍵を取り出してドアを開けた。甲高い子どもの声が叫んでいるのが聞こえた。「ママ、パパが帰ってきたよ！」

さてさて、と車に戻りながらアガサは思った。エイミーは不倫をしているか、バンチーが重婚者かどちらかだ。ビルに話したら、家を見張ってエイミーを聴取するだろう。エイミーはわたしにお金を支払っているし、そのお金は必要だ。エイミーのことを警察に報告したら、何も手に入らなくなる。だけど、エイミーを見張っていれば、元夫の殺人事件との関連性をつかめるかもしれない。

フロリダに行ったふりをして、エイミーの家を変装して見張るという計画は、その朝届けられた手紙のせいで、あわや忘れられそうになった。ミルセスターの〈ウーマン・オブ・ザ・イヤー〉賞にアガサがノミネートされた、という知らせだった。

アガサはうめいた。やせなくてはならない。手術ではないフェイスリフトを予約しなくてはならない。だが、招待状をじっくり見ると、表彰式は五月だということがわかった。それに通常、〈ウーマン・オブ・ザ・イヤー〉の候補者は前年に発表される。彼女が選ばれたのは、ぎりぎりになってからのように思えた。他の候補者は誰なのか調べなくてはならない。

しかし、とりあえず仕事に戻ろう。

思い切り変装して、アガサはミルセスターに向かうと、エイミーの家から出ていった男が向かった住所の選挙人名簿を調べた。意外にも、住所はミスター・T・リチャーズだった。となると、彼は重婚者ということだ！　しかし、彼を問い詰めることはできなかった。さっきアガサはエイミーに電話して、これからマイアミ行きの飛行機に搭乗する、と伝えてしまったのだ。

アガサはビルの携帯に電話した。眠たげな声がして、不機嫌に言った。

「寝てたのに」

アガサは腕時計を見た。「朝の十時よ」

「ひと晩じゅう働いていたんです。何ですか？」

「そっちに行ってもいいかしら？　重要なニュースがあるの」

「わかりました」

「変装しているわ」

十五分後、ミセス・ウォンがドアを開けると、重たげな黒髪にぽっちゃりした頬をした女性がいた。何枚も服を着込み、大きな眼鏡をかけている。

「何も買わないよ」ミセス・ウォンは言ってドアを閉めかけた。

ビルがパジャマにガウンをはおって、母親の背後に現れた。「いいんですよ、母さん。この女性は知り合いです。アガサですよね？」

「そうよ」

「入ってください」

ミセス・ウォンは息子を寝かせてくれない連中について、さかんに文句を言いながら、アガサを入れた。

ビルが先に立ってリビングに向かった。「うまく変装してますね、アガサ。話してください。すごく疲れてるので、いい情報だとありがたい」

アガサはリチャーズについて知ったことを話した。

ビルはびっくりして耳を傾けていた。「殺人捜査のまっただ中で、それがばれないとでも思っていたのかな？　よくやりましたね。彼を聴取します」

「それから、わかったことを逐一教えてもらえる？」アガサは心配そうに頼んだ。

「いいですとも。そうそう、トニから、ぼくがポール・フィンリーを逮捕したことを聞きましたか？」

「いいえ、何も言っていなかった。何があったの？」

ビルは説明した。

「どうしてトニは話してくれなかったのかしら？」アガサは首をかしげた。

「たぶん、あなたが私生活に踏みこみすぎだって感じているんですよ」

アガサはアフガニスタンにいるサイモンのことを考えて憂鬱になり、顔を赤らめた。

ビルはびっくりして彼女を眺めた。アガサがこれまで顔を赤らめたところなど、見た覚えがなかったのだ。

翌週の末までに、アガサはリチャーズとエイミーの両方を監視するのに飽き飽きしてきた。変装して車を運転していき、それぞれの家の外で連続して何時間も張り込んでいたのだ。トム・リチャーズは夕方と夜はほぼエイミーと過ごし、週のうちふた晩だけ子どもたちと過ごしていた。

というわけで、アガサにとっては張り込みばかりの長い一週間のあとで、コテージで彼女を待っていたビル・ウォンの姿を見つけたときはほっとした。

「入って。そして、もう変装をしなくてもすむような話を聞かせて。このウィッグはすごく重いし、ほっぺたに入れた詰め物のせいでリスになったみたいな気分よ」

「それに、しゃべり方が酔っ払いみたいです」ビルは彼女のあとからキッチンに入ってきた。「コーヒーを淹れてもらえれば、洗いざらい話しますよ」

アガサはウィッグをとり、頬から詰め物を取り出すと、パーコレーターの電源を入れた。「待ちきれないわ」彼女は肩越しに言った。「さっそく話して」

「トム・リチャーズは一年前に円満に妻と離婚しました。その半年後に、エイミーと再婚した。彼女がフェイスリフトや整形などをしたがったので、彼は妻をロサンゼルスに行かせた。フロリダには一度も行っていません。アート・マッケンジーの作り話をどうしてしたのかと訊いたら、エイミーには空想癖があり、すべては向こうで見たメロドラマの筋書きだったそうです。どうして嘘をついたのかと追及すると、バンチーにそれほど多額の整形費用を支払わせたと話したら、自分が欲張りで見栄っ張りに思われるから、だそうです。あ、どうも」

彼はコーヒーのマグカップを受けとった。「リチャーズは彼女の話を裏づけ、たしかにすべての支払いをしたと認めました」

アガサはビルと並んですわり、コーヒーのカップを両手でくるみこんだ。ホッジがビルの膝にのぼってきて、もう一匹のボズウェルは彼の頭に寝そべろうとした。彼はやさしく二匹を床に下ろした。

「どこかしっくりこない」アガサは言った。「わたしが秘密をばらした、とは言っていないでしょうね？」

「いいえ、彼女の結婚について調べている、と言いました。フロリダのＦＢＩにはアート・マッケンジーの記録がなかったからと。すると、真実を告白したんです」

「どうも奇妙なのよ」アガサは煙草に火をつけた。「だって、聞いて。エイミーはビーチに虐待されていた。父親にも殴られていた、って言っていた。支配的な男性が好きだって。フェイスリフトは本当に彼女からの提案なのかしら。それとも、リチャーズが彼女を意のままにしようと操っていたのかも。元妻にもフェイスリフトを受けさせようとしたかもしれない。最初のミセス・リチャーズと話してみたいわ」

「あまり関係ないんじゃないんですか、アガサ。だって、たしかにリチャーズは外見こそぱっとしないが、すごい金持ちなんですよ。金のある男はたいてい美女をたやすく手に入れられる」

「ピッグ！　ピッグ！」アガサがいきなり言った。

「ちょっと、おまわり（ピッグ）だなんて、侮辱するつもりですか？」

「ううん、ちがうの。ピグなんとかって小説があったでしょ」

「ああ、ピグマリオンですね」

「そう、女性を訓練して変身させようとする男よ」

「でも、ちょっと偏見じゃないですか？　リチャーズは妻を溺愛しているようですよ」

「でも、フェイスリフト前の写真を見せてくれたの。ちっともきれいじゃなかった」

「この話をしなければよかった」ビルが言った。「警察の捜査をひっかき回さないでくださいよ」

アガサは憤慨した。「エイミーはゲーリーを殺した犯人を見つけるためにわたしにお金を払っているのよ。それにうちの事務所にはお金が必要なの。それが鍵よ。お金。ビーチは離婚するためにたっぷりお金を払った。ただの警官が大金をどこで調達したの？」

「われわれもそれを調べているところです。彼の口座には数百ポンドしかなかったんですが、アリス・ピータースンといっしょにゲーリーの家を訪ねたときに、いくつか高価なアンティーク家具があったことに彼女が気づいたんです。で、アンティーク・ディーラーの線を追いました。たしかにゲーリーはいくつか高価な家具を買っていて現金で支払っていた。きっと、副業をしていたんですよ」

「たぶんありとあらゆる人を見張っていて、些細なことで罰金を科し、賄賂を徴収していたのよ」

「いえ、それはないと思います。彼は人々を法廷にひきずりだすことに喜びを覚えていましたから」

ビルが帰っていくとすぐにトニが現れた。「ちょっと話があるんですけど、ミセス・レーズン」

「どうぞ入って。どうしたの?」

トニはまっすぐキッチンに行くと、テーブルに結婚式の招待状をバシンと置いた。

「こういう結果になったんです、お節介焼きのおばさん」

アガサは招待状を読んだ。サイモン・ブラック兵長はスーザン・クリスピン軍曹と六月十日にミルセスター大聖堂で結婚する予定だ、という知らせだった。

「それで?」アガサはたずねた。「わたしがこれとどういう関係があるの?」

「招待状といっしょに、この手紙が送られてきたんです」トニはエアメールを渡した。

アガサは読んだ。「こんにちは、トニ。ぼくの結婚式にぜひ来てほしい。二人でした仕事の思い出を愛しているからだ。当時、きみと結婚したかったんだが、きみはまだ若すぎるから、その気持ちは抑えて三年間考えてみるように、とアガサに言われたんだ。ぼくは冷たい態度をとり続けたが、きみが傷つくのを見るのにもう耐えられなくなって、軍隊に入った。そこで幸運にもスージーと出会い、ぼくにぴったりの女性だと感じた。たぶん、ぼくを信じなかったアガサは正しかったのかもしれない。愛をこめて、サイモン」

「あなたのお節介で、彼は戦地で吹き飛ばされていたかもしれないんですよ」トニは言った。「あたしは十八です。子どもじゃありません。もう二度と、あたしの人生に口出ししないでください。ああ、それからひと月後に辞めさせていただきます」

トニが足音も荒く出ていくと、アガサは椅子にすわりこんだ。

「誰かいるかな？」チャールズの声がした。

「ああ、どうぞ入ってきて、わたしの傷ついた気持ちを踏みつけてちょうだい」アガサはかすれた声で叫ぶと、わっと泣きだした。

チャールズはアガサが泣き止むまで待ってから、やさしく言った。

「トニが猛スピードで走り去るのを見かけたよ。サイモンの件を知ったのかい？」

アガサは悲しげに洟をすすった。「これを忘れていったわ」彼女は結婚式の招待状と彼の手紙をチャールズの方に押しやった。

チャールズは両方をていねいに読んだ。「なるほど」

「しかも、ひと月後に辞めるって」

「お節介を焼くべきじゃなかったんだ」

「ええ、わかってる。でも、自分のためだけじゃなかった。優秀な探偵を失いたくない、っていう理由だけじゃなかったのよ。サイモンにはどこか信用できないところがあった。それを直感したからよ」

「トニに自分でそれを見つけさせるべきだった」

「ポール・フィンリーのことは？　ビルから妻を虐待していたことを聞かなくて、ちょうどビルが彼女の部屋に行かなかったら、トニは暴力をふるわれていたわ」

「彼女は自分の身を守ろうとしたよね？」

「ええ、まあね」アガサは認めた。「彼の急所をつかんだ」

「トニは自分の力で戦えるよ。柔道のクラスもとっているんだ。逆にビルはあわやのところでポールを救ったんじゃないかと思うよ」

「例のろくでなしがトニをパリに連れていって、彼女が助けを求めてきた一件は？　誰があの騒ぎから彼女を救ったの？　わたしよ！　このわたし。あの子はろくでもない男と次から次につきあうのよ」

「きみと同じだね、アギー」

「それ、どういう意味よ？」

「最初の夫は飲んだくれで、二番目の夫は冷血な筋金入りの独身主義者。さらに、支配的な異常者と結婚しかけて、わたしが救いに行かなくてはならなかった」

「それとこれとはちがうでしょ」

「同じだよ。いや、けんかするのはやめよう。どうやってトニを引き留めるつもり？」

「いちばんいい仕事だけを割り振るわ。そして一切干渉しない」

翌日、アガサは何事もなかったかのように事務所のスタッフに明るく挨拶した。「トニ」彼女は言った。「今抱えている仕事はパトリックとフィルに回してほしいの。あなたには大きな仕事があるのよ。これまでの事件のあらましを説明させて」

全員が熱心に耳を傾けた。説明し終わると、アガサは言った。「トニ、あなたには最初のミセス・リチャーズに会いに行ってもらいたいの。リチャーズが彼女にフェイスリフトをさせたがったかどうか探りだして。彼はぞっとする支配的な男じゃないかという気がしてならないの」

「住所を教えてください」トニは言った。

アガサはメモを渡した。「今、全員に話したことはパソコンに記録しておくつもりだから、いつでもチェックできる。パトリック、今日時間があるなら、昔の警察のコネを使って、ビーチの副業がわかったかどうか探ってみて」

トニは持ち物をまとめると、事務所を出ていった。アガサはその後ろ姿を祈るような気持ちで見送っていた。

トニはリチャーズの元妻のヴィラの方に車を走らせながら、頭が真っ白になっていた。アガサが彼女を救ってくれたことを頭から締めだそうとした。まずアガサはアルコール依存症の兄から救ってくれ、仕事と住む部屋を見つけてくれたのだった。

リチャーズの元妻の家は、トゲのある植物でできた生け垣と石垣で目隠しされた広壮なヴィラだった。門を開け、短い砂利敷きの私道を歩いて玄関まで行った。

女性がドアを開けた。かなりの年配で、古くさい花模様のエプロンをつけている。

「ミセス・リチャーズですか?」

「ううん、あたしはただの掃除人。奥さまはお出かけだよ」

「いつ戻ってくるかわかりますか?」

「子どもたちの学校が終わる頃かねえ」

「ミルセスターで彼女が行きそうな場所はありますか?」

「あの新しいヘルスバーでお昼を食べてるんだろうよ。馬鹿馬鹿しいったらないね。レタスひと切れに、目の玉が飛び出るほどの金を払うなんて」

トニはお礼を言って立ち去った。ヘルスバーの場所なら知っていた。北東から冷たい風が吹いてきて、低く雲が垂れ込めているので雪になりそうだ。こんな日にウサギの餌みたいな食事とは、とトニはあきれた。スープと、ステーキ&キドニーパイがふさわしい日だ。おなかがぐうっと鳴った。

サイモンの結婚式のことですっかり動揺していたので、朝食はコーヒーを一杯飲んだだけだった。

広場に駐車すると、強くなってきた風にうつむき、またもや凍りかけている雪解けの道を慎重に歩いてバリー・ウィンドに向かった。そこにヘルスバーがあるのだ。天候を恨んだ。意地悪にも、雪を解かしては凍らせるということを繰り返しているように思える。

バーは〈グリーン・ハピネス〉という店だった。窓は蒸気で曇っていたので、中は見えなかった。トニはドアを押し開けて入っていった。ほとんど客はいなかった。ミルセスターの人々はコレステロールの方が好きだったのだ、それも大量に。

ニキビがひどい無愛想なウェイトレスが、ドアに向いた隅のテーブルで注文をとってから、トニに近づいてきた。トニはメニューを見て野菜スープ、カリフラワーとチーズ、それにエルダーベリードリンクを注文した。

ほっとしたことに、スープにはロールパンとバターが添えられていた。店内を見回した。かなりの年配の女性二人が窓辺にすわっている。他には眼鏡をかけ、長い顎ひげを生やした厳格な顔つきの男性だけだった。

トニが食後にタンポポコーヒーを飲んでいたとき、ドアが開いた。入ってきたのは長身のエセ田舎風の服を着た女性だった。カシミアのセーターとコーデュロイの膝丈ズボンにバブアーの防水コートをはおり、厚手のウールのストッキングとがっちりした深靴をはいていた。羊を連想させる面長の穏やかな顔だ。指にたくさんのリングをはめ、それが照明で輝いている。

ウェイトレスを呼び、注文をしたが、必死に上流の発音を真似しているものの失敗していた。他の客たちはすでに帰ってしまっていた。いまやトニと、ミセス・リチャーズではないかと思われる女性だけになった。

彼女はトニにかすかに笑いかけた。トニは思い切って立ち上がり、彼女のテーブルにすわった。

「見覚えがあると思ったので。ミセス・リチャーズですか？」

「以前はね。マスコミの方なら、現在の奥さんに話を聞いて」

ほぼスプラウトばかりのサラダを入れた小さなデザートボウルが、ミセス・リチャーズの前に置かれた。

「マスコミの人間じゃありません」トニは言った。「失礼ですけど、この凍える日に、それしか食べないんですか？」

「そうよ。元夫にスタイルに気をつけるように言われているの」

「彼と何の関係があるんですか?」トニはたずねた。「もう別れたんでしょう?」

「子どもたちの父親だし、生活費を払ってもらっているから。もう向こうに行って」

「あたし、私立探偵なんです」トニは名刺を出した。「今うちの事務所は現在のミセス・リチャーズから依頼された仕事をしています。でも、彼女にはとても妙なところがあるように思えるんですよ」

「ただのありふれたあばずれってだけでしょ」

「それについて、ランチをとりながら話し合いません?」

「ランチなら、今食べてるわよ」

「いえ、ちがいます。それ、ご自分を罰しているんですよ。あなたは充分にスリムです。ウサギの餌は放っておいて、近くのパブにいっしょに行って、ステーキ&キドニーパイを食べ、おいしいワインを開けましょう」

ミセス・リチャーズは陰気な顔でサラダをつついていた。「彼にばれたら?」

「あたしは言わないし、あなたも黙っていればいい。ねえ、いろいろつらいことがあったんじゃないですか?」トニは気遣った。「でも、誰もあなたの話に耳を貸そうとしない。だけど、話なら、あたしが聞きますよ。さ、行きましょう。人生を楽しまなくちゃ」

ステーキ&キドニーパイを食べ、メルローのおいしいワインを飲むうちに、ミセス・リチャーズは外の天気とは反対に心も体も温まっていった。ミセス・リチャーズが飢えたようにガツガツ食べている間、トニは天気についてどうでもいい話をしたり、迷子の動物を見つけようとしたときの滑稽な逸話を披露したりした。

「ナポレオンという迷子猫を見つけるのを手伝ってほしいと頼まれたんです。やっと、その猫が依頼人の女性の庭にある、ものすごく高いトチの木の枝にいるのを見つけました。あたしは木を登っていきました。風が強かったし、猫はほぼ木のてっぺんにいたから、すごく大変だった。猫に手を伸ばした瞬間、そのいたずら猫ったら、枝から枝へと伝わって、あっという間に地面に下りてしまった。あたしはその猫を追いかけて、ラグビーのタックルをしてやっと捕まえたんですよ」

ミセス・リチャーズは意外にも若い女の子みたいな声でクスクス笑った。

「猫にラグビーのタックルなんて無理でしょ」

「いえ、できたんです」トニは言った。「コーヒーといっしょにブランデーはいかが?」

「うーん、遠慮しておこうかな……」

トニは声を張り上げて、ブランデーをふたつ頼んだ。

「現在のミセス・エイミー・リチャーズのこと、ご存じですか？」

「ええ、知ってる。そうそう、フィオナと呼んで。わたしたち、同じスーパーで働いていたの。彼女はレジで、わたしは棚に商品を並べる係」

「あなたにとっては、とてもつまらない仕事だったでしょうね。お子さんの世話はどうしていたんですか？」

「うちは……末っ子の二人にはすばらしいナニーがいるわ。四つのキャロルと、五つのジョージー。長男のヴォルフガングはミルセスター中学校に通ってる。あの子は十三歳よ」

「ヴォルフガングって、イギリスの子どもにしては珍しい名前ですね」

「トムの父親はドイツ人なの。トムが父親にちなんで長男の名をつけたいって言い張ったのよ。学校ではヴォルフって呼ばれているから、本人は気にしてないみたい。妻たるもの、夫のビジネス帝国について一から理解しておくべきだって、彼は思っていたの。商品の棚出しは別に嫌じゃなかった。とても平和で無心にやれる仕事だったから。それでエイミーと知り合いになった。他の人たちはわたしがボスの妻だと知っていて、従業員を監督するために配置されたと警戒していたけれど、エイミーは気さくに話しかけてくれたの。

ある午後、彼女をお茶に誘った。二人とも休みの日だったから。トムは仕事で不在だと思っていたのだけど、いきなりそこに現れたの。彼はエイミーに、売り上げはどのぐらいだと思っているか、最も人気のある商品はどれか、次々に質問をし始めた。そのうち二人は会話に夢中になって、わたしの存在すら忘れちゃったみたいだった。

数週間後、トムは離婚したいと言ってきた。最初はうちのめされたけど、生活費を払うと言ってくれたので、仕事を辞めて子どもたちと家にいられるなんて、いきなり地獄から救われたみたいに感じられた。ああ、あなたって、ほんと、聞き上手。わたし、トムを批判すべきじゃないわよね」

「ちょっと気になったんですけど」トニは慎重に切りだした。「トムはあなたの外見を改善するように提案したことがありますか？」

「もうしょっちゅうよ」フィオナ・リチャーズは憂鬱そうに言った。「ロスに行ってフェイスリフトをしてくれって言われたこともある。わたしの服はいつもトムが選ぶんだけど、そこまで行くと、ちょっと行きすぎよね。わたしは笑い飛ばして、優雅なおばあさんになりたいからけっこう、って言った。そうしたら……殴られた」

「警察に行かなかったの？」

「そんなことをしても、彼は最高の弁護士を雇ったでしょう。わたしにはとうてい勝てるチャンスがなかった。だから、テープレコーダーを買って、ひどい暴言や殴打の音を録音し始めたの。わたしの少ない給料は、わたし名義の口座に振り込まれていたから、その銀行に行って貸金庫を借りた。そしてすべてのテープのコピーをそこに入れてから彼に言った、虐待の証拠を持って警察に行くって。

トムは怒って家を飛び出したけど、戻ってくると、エイミーと恋に落ちたから離婚をしたい、って言ってきたの。ようやく彼が出ていってくれたとき、自分の幸運が信じられなかった。彼は子どもたちに会いに定期的にやって来るけどね。ええ、子どもたちにはやさしいのよ。エイミーが美容整形を受ける直前に、彼女とばったり会ったの。彼女はとても愛想がよかったけど、別れ際に奇妙なことを言ってた。『ゲーリーが恋しいな。ゲーリーだったら、彼を懲らしめてくれたでしょうね』って」

「ということは、アメリカに行く前から、新しい夫とうまくいっていないようだったということですね」トニは言った。

「うーん、どうかしら。あらあら、どうやって家に帰ればいいの？　飲みすぎたわ」

「タクシーを呼んであげますよ」トニは言った。「あとで車をとりに来てくれる人はいます？」

「ええ、ナニーのミセス・ドラファスが」彼女は体をのりだすと、じっとトニを見つめた。「トムがゲーリーを殺したんだと思う？」

「頭を殴られていたのなら、そう思ったでしょうね」トニは言った。「だけど、人を殺して――あきらかにナイフで刺し殺されていた――それから首を切断し、豚としてローストさせようとしたんですよ――ちがいます。これは複数の人間の犯行に思えます」

「今後も連絡をちょうだいね？」フィオナが訴えるように頼んだ。「あなた、とても聞き上手だから。ほんと、あなたみたいな娘がいればねえ……ああ、残念」

フィオナはよろよろと立ち上がった。トニはタクシーを拾ってやり、家へ送りだした。

アガサは舌打ちをした。フィオナ・リチャーズについてのトニの報告書はすばらしかった。アガサに問いつめられたら貝のように口を閉ざしてしまいかねない人々からも、若くて無邪気な感じがするトニは、本音を聞きだすことができた。

働きぶりをほめるメモといっしょに、トニが忘れていったサイモンの手紙と結婚式の招待状をデスクに置くと、アガサは凍える寒さの中に出ていった。そろそろエイミー・リチャーズに嘘をついた理由を問いただす頃合いだ。ただし、フロリダには行かなかった、と真実を告げなくてはならないだろう。

エイミーがドアを開けた。コンタクトをつけていなかったので、その瞳は茶色だった。泣いていたように見える。

「ああ、あなただったの」エイミーはそっけなかった。

アガサは寒さに震えながら言った。「中に入れてちょうだい」

エイミーのスリムな体のわきをすり抜けて、リビングに入っていった。アガサは老婦人みたいに見えることにうんざりしながら、厚手のコートを脱ぎ、ショールをはずした。

「エイミー、実はフロリダに行かなかったの」アガサはソファにすわり、エイミーは向かいの肘掛け椅子にすわった。二人の間のガラス製コーヒーテーブルの上には、高級雑誌が何冊か置かれていた――〈ＯＫ！〉、〈セレブリティ〉、〈ヴォーグ〉、それにさまざまな日曜版のカラー付録。

「なぜ？」エイミーはしわがれた声でたずねた。

「こんなことを言うのは残念なんですけどね、エイミー、あなたの話を信じなかったから。警察の情報筋によると、嘘をついていたと白状したそうね。フロリダには行ったことはないし、整形のためにロスに行った費用を負担したのは、トム・リチャーズだった。当然、わたしを追い払いたがっているのだろうと考えた。その理由についても見当がついた」

「今回は警察に真実を話したわ。お金目当てだと思われたくなかったから黙っていただけよ。だって、こういう外見になるには、莫大なお金がかかるから」

ドリー・パートンが昔、「こんなふうに安っぽく見えるには莫大なお金がかかる」って言っていなかっただろうか？　というのも、その日のエイミーはかなり安っぽく見えたのだ。ピンクのハイヒールサンダルをはき、ぴっちりしたピンクのセーターに、ピンクのサイクリング用スラックスを合わせている。

「じゃあ、整形をするように勧めたのはご主人じゃなかったのね？」

「ええ、もちろんちがう」

「だけど、前の奥さんには勧めたのよ。彼はあなたに暴力をふるう？」

「いえ、まさか、あたしのバンチーはすごくやさしくて、思いやりのある人よ」

「わかった。ゲーリーのことに戻りましょう。離婚のために大金をくれたって言ってたわね。小切手で？」

「ううん、現金だった」

「いくら？」

「お、覚えてない」

「エイミー！」

「封筒に一万ポンドぐらい入ってた。彼は『それをあげるから、いっしょに弁護士のところに来てくれ。だけど、金のことは言うなよ。おれからは何もほしくない、と言え。さあ、受けとれ！』って言った。だから、あたしは封筒を持っていっしょに弁護士事務所に行った」

「でも、あなた自身の弁護士もいたはずよね」

「同じビルにいた弁護士だった」

「その弁護士たちは誰なの？」

「クラムリーとファッチと、ブラインダーよ」

「で、事務所はどこにあるの？」

「工業団地よ。三十一区画」

「弁護士事務所をかまえるにしては妙な場所ね。でも、トム・リチャーズとの婚姻届を出したときには、離婚受理証明書とかを提出したんでしょ？」

「それがとっても妙なの。書類がどこにも見つからなくて。それでゲーリーに訊いたら、前に渡したから、おまえがなくしたにちがいないって言ったの。パスポートはまだ旧姓のままだったから、バンチーはそれと出生証明書だけで大丈夫だって言った」

「弁護士のところに行き、コピーをもらわなかったの？」

「バンチーがそこまでする必要はないって」

「ゲーリーは一万ポンドくれたっていうけど、それをどこから持ってきたの？　彼は金庫を持っていた？」

「いえ、そういうのはないわ。ただ封筒を取り出しただけ。家は自分がもらいたい、って言った」

「それで、バンチーとあなたはどこで出会ったの？」

「勤務先のスーパーよ。最近じゃ、それだけお金があってもすぐになくなるとわかっていた。ＹＭＣＡに部屋を借りたわ」

「エイミー、慎重に考えて。ゲーリーは警官だから、それほどお金を稼いでいなかった。余分なお金はどうやって手に入れていたと思う？」

「わからない。残業をたくさんしている、っていつも言ってたけど」エイミーがほっそりした腕を振ると、太いシルバーのブレスレットにぶらさがった、いくつかの飾りが照明の光できらめいた。

「妙なものがついてるわね。そのブレスレット、見せてもらえない？」

「どうぞ。友人にこしらえてもらったの。彼女、すごく器用でしょ。シルバーの細々したがらくただけで、これを作ったのよ」

アガサは手にとって、ブレスレットをじっくり調べた。「ここに鍵がある。珍しい形の鍵ね。わたしの貸金庫の鍵に似てるわ」

「へえ、知らなかった」

「ゲーリーの銀行はどこだった？」

「ミルセスター・アンド・ジェネラル銀行だと思う」

「ゲーリーは遺言書を書いていた？」

「ええ、どこかに写しがあるはず。自分で書くようなありふれたものよ。すべてをあたしに遺すって書かれてたけど、旧姓のエイミー・タブ名義になってる。結婚直前に作ったって言ってた」

「で、あなたのパスポートはまだ旧姓のままなのね？」

「そう、変更する時間がなくて」

「けっこう。コートを着て。まず銀行に行きましょう。遺言書と死亡証明書とパスポートを持ってきて」

エイミーがハイヒールで歩き回って、引き出しを開けたり閉めたりして探しているあいだ、アガサはいらいらしながら待っていた。ようやくエイミーは夫のデスクのいちばん下の引き出しに、すべてが入ったファイルを発見した。

5

トニはオフィスに戻ると、秘書のミセス・フリードマンしかいなかったので、彼女にたずねた。

「ミセス・フリードマン、あたし、アガサにひと月後に辞めるって言ったの。ちゃんと書類で提出するべきかな？」

「あら、そうなの。彼女が知っているなら、その必要はないんじゃないかしら。どこに移るつもり？」

「たぶん別の探偵事務所か警察ね」

ミセス・フリードマンは眼鏡を少し下にずらしてトニを上目遣いで見た。

「ここに匹敵するような事務所は近隣にはないわよ。レベルの低いところに入ったら、あなたはとても若いし雑用係になりそうね。それに警察だけど。ヘンドンかどこかで訓練するんでしょ。たぶん肌の色のせいで落とされるかも」

「なんですって？」

「甥の一人が不合格になったの。グロスターシャーの警察はアジア人とジャマイカ人などを一定数採用しなくちゃならないのよ。民族の多様性、とか呼ばれている。甥は今、ロンドンの運輸警察で働いているわ。それに、ここで仕事にありつけても、ビル・ウォンを基準に判断しないことね。男性優越主義者だらけだから。誘いを断れば、レズビアンだって陰口をたたかれ、ロッカーにけがらわしいものを入れられて嫌がらせされるでしょうね」

「ミセス・フリードマン、アガサへの忠誠心で作り話をしているでしょう？」

「ええ、忠誠心はすばらしいものよ」ミセス・フリードマンは答えると、小さな鼻に眼鏡をかけ直し、再びタイプを打ち始めた。

アガサはトニに電話して、今エイミーといっしょだから広場で待ち合わせよう、と伝えた。トニがいっしょに来る必要はなかったが、重要なことが起きそうなときには、常にトニを立ち会わせようと決めていた。トニが決心を変えて残る気になるかもしれない、と期待したからだ。

「どこに行くんですか？」トニは息を切らしてアガサの車の後部座席に乗りこんでく

るとたずねた。

「ミルセスター・アンド・ジェネラル銀行」アガサは言うと、手短に鍵のことを説明した。

全員が車を降りて銀行に入っていった。銀行の両側はどちらもシャッターを下ろした店舗だった。また店がつぶれたのね、とアガサは思った。町の目抜き通りは死にかけていた。誰もが怠け者になり、買い物を郊外の大型スーパーでまとめてすませたがるせいだ。さらにさまざまな地方議会のせいでもある。目抜き通りを歩行者天国に変えてしまい、いちばん近い便利な駐車場に停めるには高額の料金を課したのだ。そのせいで、重い食料品の袋を抱え、小さな店から店へ移動しようという人はいなくなった。たぶん将来的に目抜き通りは博物館になり、二十世紀の服装をした人々が行ったり来たりするようになるのだろう。

アガサは支店長と話したいと伝えた。三人は待つように言われた。

高窓を雪がたたき始めた。スノータイヤを買うべきだった、とアガサは後悔した。しかし、タイヤが修理工場に届く頃には、きっと春になっているだろう。

ようやく支店長のミスター・マクラウドのオフィスに呼ばれた。彼は小柄で禿げかけていて、細かいことにこだわりそうな男だった。

エイミーが訪問の目的を話すと、彼はブチ切れそうなほどのろのろと遺言書とパスポートと鍵を調べはじめた。ときどき首を振りながら「おや、おや」とつぶやいている。

忍耐することを身につけようとしてきたアガサだったが、いきなり叫んだ。「どうしたっていうの？　なぜそんなに時間がかかっているんですか？　あなたがぐずぐずやっているのを見ながら、いつまでここにすわって待たなくちゃならないの？」

「確認しなくてはならないんです」支店長は不機嫌に答えた。「世間にはきわめて悪質な人々がたくさんいますからね。ええ、そうですとも」

「あなた、スコットランドのオーチタームフティーとか、最果ての地の出身なんですか？」

「わたしはそのさらに北のストーノウェーの出身でそれを誇りにしています。では、グラディスに貸金庫にご案内させます」支店長はデスクのブザーを押した。

ブロンドで、全身を漂白したみたいに青白い顔をした女性が現れて、ついてくるように言った。階段を下りて、広い地下室に出た。グラディスがふたつの鍵でドアのひとつを開けた。

「貸金庫の番号は？」彼女はたずねた。

「わかりません」エイミーが泣きそうになった。

またもや階段を上がり、支店長を待つことになった。それから、さんざん彼がブツブツ言い、ええと、ええと、と口ごもり、書式に署名させたあとで、ようやく番号が開示された。グラディスがまたもや青ざめた幽霊のように現れ、地下の区画に連れていった。

「出るときは外側のドアを閉めれば大丈夫です」彼女は言った。「オートロックですので」彼女は箱を取り出し、部屋の中央の金属製テーブルに置くと、三人を残して部屋を出ていった。アガサは三組のラテックスの手袋を取り出し、それをはめた方がいいと言った。

「あの、あなたが開けてください」エイミーはアガサに鍵を渡した。

アガサは箱を開け、蓋を開いた。

三人とも、びっくりして中身を見下ろした。四冊のパスポートがあり、どれも異なる名義だったが、すべてに亡きゲーリー・ビーチの写真が貼られていた。下着のパンツが入っていて、それを開くと、小さな拳銃が現れた。あとは引きひもがついた小さな革袋だけだ。トニが袋を開け、のぞきこみ、中身を手のひらに取り出した。

「小石ね」エイミーが苦々しげに言った。「貸金庫の箱にどうして汚らしい石なんて入れておいたのかしら？」

「ちょっと待って」トニが興奮して言った。「これはカットしていないダイヤモンドだと思います。ダイヤモンドの番組を見たことがあるんですけど、未加工だとこんなふうに見えました。警察に持っていった方がいいですよ。紛争ダイヤモンドかもしれません」

「それって、何のこと？」

アガサは不機嫌にたずねた。常にトニにはやさしく親切に振る舞う、という決意をころっと忘れていた。

「紛争ダイヤモンドまたはブラッド・ダイヤモンド（血のダイヤモンド）は、シエラレオネなどの場所で反政府グループの資金源として使われているんです」

「だけど、ただの村の警官がアフリカで起きていることに関係している可能性なんてある？」アガサはたずねた。

「無関係かもしれませんね」トニは言った。「何かの犯罪の謝礼ってだけかも。ともかく警察に届けた方がいいですよ」

「そんな必要ある？」エイミーは言った。「もし未加工なら、宝石商の友人に磨いてもらえばいいでしょ」

「だめです」アガサはきっぱりと言った。「警察に調べてもらわなくちゃならない」

エイミーの目が急にカットしていないダイヤモンドのように硬く冷たくなった。

「まず、これはあたしの財産よ、でしょ？　あたしはこれを持っていく。それでおしまい」

「それでも警察に届けなくては」トニが言い募った。

「そんなに高潔な人間にならないで」エイミーはせせら笑った。

「ゲーリーが何をしていたのかずっと知っていたのね」アガサは追及した。「話して！」

「くそくらえよ。あんたはクビ」エイミーはすべてを大きなバッグに入れると、さっさと出ていった。

エイミーが銀行の外でタクシーをつかまえると、アガサは言った。

「たしかに警察に行った方がよさそうね」

「でも彼女のあとをつけるべきだと思います」トニが言った。

「なぜ？　エイミーは金持ちの夫と安楽な結婚生活を送っているのよ」

「彼が金持ちだっていう理由だけで結婚したんですよ。それに、夫はひどい男に思えます」

アガサは反論したかったが、トニの探偵としての能力は物事を明確に事実に即して見られることだと思い出した。「わかった」アガサは言った。「彼女が何をするつもりなのか見届けましょう」

だが、エイミーの家に着くと、車がなくなっていて、家には誰もいないようだった。

二人は一時間ほど待ったが、トニが言いだした。

「やっぱり、警察に行った方がいいんじゃないかと思います。彼女は夫のところには行くつもりがないんですよ」

警察でさんざん尋問され、アガサは疲れ果て気分が悪くなっていた。警察を出ると、トニを部屋の前で降ろした。海外からの塩の供給があって塩と砂利の散布車が出動していたおかげで、コテージまでスリップせずに帰り着くことができた。チャールズからのメモがキッチンのテーブルに置かれていた。「このひどい天候にはもう我慢できない。南フランスに行く。愛をこめて、チャールズ」

まだトニのことで悩んでいたアガサは孤独をひしひしと感じた。牧師館を訪ねたが、ミセス・ブロクスビーはサセックス州ベクスヒルの親戚を訪ねている、と言われた。そこでロイ・シルバーに電話して、週末にこっちに来る気はないかとたずねたが、すごく華やかなパーティーに行くので時間がない、という答えだった。

猫たちはぐっすり眠っていた。家はいつになく静かに感じられた。

アガサは何か体を動かしたかった。キッチンの床にはさまざまな空き缶を入れた袋と空き瓶の箱があった。役所では缶と瓶用に黒い箱を配ってくれていたが、アガサはどちらもなくしてしまった。ストウ＝オン＝ザ＝ウォルドの〈テスコ〉まで運んでいき、缶と瓶を専用ゴミ箱に捨て、お金をおろしてくることにした。雪は小降りになり、じきに止みそうに思えた。丸い月が雲の向こうにうっすらと見えている。カースリーの村は雪に覆われ、静寂に包まれていた。アガサは腕時計を見た。真夜中を過ぎていた。

スーパーの裏手に車をつけた。瓶がゴミ容器に落ちると、ガラスの割れるガシャンガシャンという音がして胸が少しすっきりした。誰にでも破壊的な部分があるのかもしれない、と思った。

次に缶を処分した。それから凍りついたわだちを踏みつぶしながら、ゆっくりと空き缶処理の機械の先に車を進めた。スーパーの駐車場は私有地なので、もし雪かきをしておいて誰かが滑ってころんだら、賠償をしなくてはならない。しかし、雪かきをしていない駐車場で滑ってころんだなら、あきらかに自己責任だ、と聞いたことがあった。

彼女はATMの正面に駐車した。キャッシュディスペンサーのかたわらにスーパーのショッピングカートがずらりと並び、その奥に子ども用のカートが二台あった。一台は子どもの笑い声らしきものを定期的に発していたが、誰かが嘆き悲しんでいるのを眺めている意地悪な妖精の声みたいに聞こえた。

百ポンドおろして、それを財布にしまおうとしたとき、二台の子ども用カートのあいだに衣類の山のようなものが見えた。

なんでわたしが？　アガサはうんざりした。でも酔っ払いがここで寝込んでいるなら、気の毒な男のために助けを求めるしかないだろう。

アガサはショッピングカートの列を回りこんで、かがみこんだ。その誰かさんは毛布ですっぽり覆われていた。アガサは毛布を顔からめくった。

月の光が射した。ぞっとする子どもの笑い声が甲高く響いた。そしてアガサは、エイミー・リチャーズの死に顔を見下ろしていた。

すでに閉店していたが、スーパーの中では品出しの人々が働いているのが見えた。アガサはガラスのドアをたたいた。いくつもの顔がこちらを振り向いた。警備員がドアまでやって来て、彼女に帰れと手を振った。

アガサはノートを取り出すと、大きな文字で書いた。

「駐車場に死体がある」

6

アガサはエイミーに蘇生措置をしようとする警備員を制止しなくてはならなかった。「そのままにしておいて」彼女は叫んで、警備員をわきに引っ張った。「どんなまぬけでも、もう息絶えているのがわかるでしょ。あんたは証拠をだいなしにしようとしているのよ」

気分が悪くなり、震えながら、アガサは警察に電話した。サイレンの音が聞こえてきて、覆面パトカーも含めた警察車両が駐車場に次々に入ってきた。アガサの知らない陰気な顔の女性警官があれこれアガサに質問し、パトカーで警察署に連れていくので供述をとるために待っていてほしい、と言った。

アガサはビル・サイクスという名前のおっとりした弁護士に電話して、警察署に来てほしいと頼んだ。以前、遺言書の作成を頼んだことがあったのだ。サイクスは刑事事件は扱っていないと抗議したが、アガサはぴしゃりと言った。

「じゃ、こっちに来て、勉強して」

アガサはおどおどして眠そうな弁護士の力はほとんど借りずに、どうにか質問を切り抜けた。弁護士は用心のために呼んでおいたのだ。警察はさすがに今回の件のことまで偶然の一致だとはみなさないだろう——エイミーの家を見張っていたあとに、急に真夜中にゴミを捨てようという気になり、都合よくエイミーの死体を発見したとあっては。何度も何度もアガサは話を繰り返し、頭上の壁掛け時計はカチコチ音を立てながら時を刻んでいった。

とうとう彼女は片手を上げた。「どうやって死んでいたのか教えてもらえません？」聴取を担当していたウィルクスが彼女をにらんだ。ブリッグズという名前のがっちりした部長刑事が意地悪くたずねた。「知らないのかい？」

「知っていたら、たずねないわよ」アガサはわめいた。

「われわれが知る限りでは、心臓をひと突きされていた」ウィルクスが言った。

「凶器は？」とアガサ。

「何だと思う？」ブリッグズが皮肉っぽく訊き返した。

弁護士のミスター・サイクスは疲れていた。そのおかげか、自分にはあると思っていなかった勇気を見出した。

「ミセス・レーズンの質問に答えたまえ」彼は切り口上で言った。「それから、いばりちらして時間をむだにするのはやめてほしい」

ブリッグズはウサギに足首を噛まれたみたいな顔つきになった。ウィルクスが重い口を開いた。「薄刃のナイフだ、おそらく」

「クライアントを何かで告発するつもりですか？」小柄なミスター・サイクスは分厚い眼鏡越しににらみつけながらたずねた。

「いいえ、現時点では」ブリッグズがしぶしぶ答えた。

「では、もう帰ってもかまわないですよ、ミセス・レーズン」サイクスは言うと、長いマフラーを首に巻きつけた。「行きましょう」

「今後も聴取をしたいので覚悟しておいてください」ウィルクスが帰っていく二人の背中に叫んだ。

取り調べ室から出ると、アガサは驚いているサイクスをハグした。

「ああ、よくやってくれたわ。ひどく疲れていて、聴取にどう立ち向かったらいいかわからなかったの。信じてもらいたいけど、そういうことはめったにないのよ」

「車はどこですか？」サイクスはたずねた。

「スーパーに置いてきた」

「そこまで送りましょう。それから」サイクスは自分の勇敢な行動を思い出して高揚感に浸っていたので、こう言った。「よかったら煙草を吸ってもかまいませんよ」

二人が駐車場に戻ると、死体の上にテントが立てられていた。だが、アガサはとにかくまっすぐ家に帰って眠りたかった。弁護士に改めてお礼を言うと、自分の車に乗りこみ、白い風景の中を走りだした。雪は止んでいて、カースリーへの道はまたもや滑りやすくなっていた。彼女はセカンドギアで下っていき、ようやくライラック・レーンに入ったときはほっとしてため息がもれた。


車から降りたとき、膝が震えているのに気づいた。車をロックしたところで、誰かの声がした。「アガサ！」


さっと振り向いた。月が分厚い雲に隠れていたので、長身の黒い人影がこちらに近づいてくるのしか見えなかった。悲鳴をあげようとしたとき、かつて愛した声が言った。「大丈夫かい？　ラジオで殺人事件について聴いたんだ」

「ジェームズ？」アガサは不思議そうに言った。「本当にあなたなの？」

「もちろんだよ」元夫のジェームズ・レイシーは答えた。

「ああ、あなたに会えて本当にうれしい」アガサは言うと、わっと泣きだした。

ジェームズはアガサのコテージに入って、キッチンで辛抱強く待っていた。アガサは二階に駆け上がり、メイクを直しているところだった。彼はちっとも変わらないわ、とアガサは思った。豊かな髪はこめかみがほんの少し灰色になっているだけだし、あの濃いブルーの瞳は前と同じだ。

ようやく、これで見られるぐらいになったと満足すると、仕上げにココマドモアゼルを吹きつけ、階段を下りていった。

「いつ帰ってきたの？」アガサはたずねた。

「今日……遅くに。ラジオのニュースを聴いていたら、〈テスコ〉の駐車場で死体が発見されたと言っていたんだ。旅に出て事件について考えているより、きみが戻ってくるのをカースリーで待っていた方がいいと思ってね。ブランデーを注いでおいたよ。甘くて熱いお茶の方がいいんだろうけど、もっと気分をあげるものが必要そうな顔をしているから」

アガサはうなずいた。ジェームズはリビングに行き、ブランデーのゴブレットを手に戻ってきた。アガサはひと口飲むと、彼にあいまいに笑いかけた。

「あなたに会えてよかった。いまやわたしは、エイミー・リチャーズ殺害の第一容疑者みたいなの」

「へとへとじゃなかったら、話してみて」

「ぜひ話したいわ。疲れ切っているけど、神経が高ぶっているし不安だし、眠れそうにないの。ああ、トニに電話するべきだった。警察は彼女にも聴取するだろうから。トニがもうひとつの悩みの種なの。それも洗いざらい話すわね」

ジェームズは小さなノートとペンを取り出し、アガサは最初から何もかも話した。ジェームズはときどきメモをとっていた。

話し終えると、ジェームズは先をうながした。「トニとのあいだにトラブルがあるって言ってたよね。どんなこと？」

重い口調で、アガサは状況をざっと話すと、悲しげに言った。

「あまり厳しい目で見ないで。いろいろ失敗して、どうしたらいいか途方に暮れているの」

「サイモンはとても若かった」ジェームズが意見を言った。「だから、当然、トニに対する永遠の愛なんて抱いていなかった。でなかったら、新しい女性とこんなに簡単に恋に落ちたりしなかっただろう。問題は、きみにはそのことで何もできないってことだ。今後、トニはいくつもの失敗を重ねていくだろうね。気が変わって戻ってくるかもしれないよ。彼女は猛烈に自立心が強い女性なんだ、知ってるだろ」

「でも、まだとっても若いのよ！」

「きみだってそうだったよ、アガサ。それにトニに比べたらきみはブルドーザーだった。わたしがトニとちょっと話してみるよ」

「本当に？　彼女はあなたのことを尊敬しているわ」

「さあ、そろそろベッドに入った方がいい。明日、また会おう。〈ジョージ〉で食事でもとろう。たっぷり寝るといい。わたしが事務所に電話しておくよ」

「ずっとどこにいたの？」

「まだ旅行本を書いているんだが、大型の高級本を担当するようになったので、最果ての地を探検しているんだよ」

「まだそういう場所が残されているの？　エベレストの頂上ですら、混雑していると思ったけど」

「ああ、最果ての地はまだいくつかあるよ。わたしが帰ったあとでちゃんと戸締まりをして、ベッドに入るんだ」

ジェームズが帰ってしまうと、アガサは眠りに落ちながら、彼に対するかつての執着心がぶり返さなかったのでほっとしていた。だけど、あまりにも疲れていてふだんの自分じゃなかったせいかもしれない。

しかし、アガサは数時間しか睡眠をとれなかった。九時に、ビル・ウォンと女性刑事が話を聞くために階下で待っている、と掃除婦のドリス・シンプソンに起こされたのだ。

アガサはバスルームの鏡で自分の顔を見て憂鬱になった。目の下のたるみやクマをとる効能があるという触れ込みのクリームをつけたが、役に立たなかった。分厚くファンデーションを塗ると、かえってひどい顔になった。ファンデーションってどうして幽霊みたいに白いか日焼けしたみたいに茶色いかなの？　すべてを洗い落とすと、うっすら色のついた乳液を薄く塗った。コテージの屋根から水がボタボタ滴りおちる音が聞こえている。雪が解けはじめたのだ。

ピンクのコットンのブルゾンにカシミアのパンツを合わせ、階段を下りきったところでピンクは嫌いだったことを思い出した。

ビルとアリスがキッチンにいた。ドリスは二人にコーヒーとビスケットを出していた。

「すわってください、アガサ」ビルが言った。

「もちろん、すわるわよ」アガサはむっとした。「なんといっても、ここはわたしの家なんだから。すわりたければ、煙突の上にだってすわれる」

「疲れているのは承知しています」アリスがなだめた。「でも、あと二、三点確認したいんです」

「ブラックコーヒーを一杯飲んで、煙草を一本吸うまで待って」アガサは不機嫌に返した。

「ところで」とビルが言った。「トニはポール・フィンリーに対する告訴を取り下げました」


トニはすでに目覚めて、競合する探偵事務所〈ミクスデン〉の面接に備え、念入りに身支度を調えているところだった。きちんとしたパンツスーツを着て、深紅の短いダウンジャケットをはおると家を出た。

〈ミクスデン〉はミルセスターの郊外にあった。ぬかるみになった道を運転しながら、アガサに対して不誠実だという妙な気持ちを抑えつけようとしていた。アガサが裏切ったのよ、とトニは自分に言い聞かせながら、小石打ち込み仕上げの四角い建物の正面に駐車した。玄関ドアの上にミクスデンという社名が刻まれている。

受付の女の子は高校の同窓生だと気づいた――チェルシー・フリッター。チェルシーはブロンドに染め、濃いメイクをしていたので、日本の能の登場人物みたいに見えた。

「あら、トニ」チェルシーは言った。「うちの会社に入るつもり？」

「もしかしたら」

「そのまま進んでいって。ミスター・ミクスデンの部屋は右手のドアだよ。出てきたらおしゃべりしようよ。またいっしょに遊びたいね」

トニはうなずき、ミスター・ミクスデンのオフィスに入っていった。禿げ頭にわずかに薄い髪が残る、とても小柄な男だった。髪の毛は引き潮で岩にへばりついた海草さながら、ポマードでべったりとなでつけられている。金縁の眼鏡をかけ、大きな鼻と、両端が下がった大きな口が目立っている。まばゆく輝く白い入れ歯をむきだしにして、トニに笑いかけた。手振りで、デスクの向かいの椅子を勧めた。

「写真どおりの美人だな」彼は言った。「そんなに若いのに、ずいぶん知名度が高いようだ。どうしてうちに入りたいのかね？」

「ひとつの事務所で働いていると退屈になるんです」トニは言った。「アガサ・レーズンはとてもよくしてくれましたが、仕事ばかりか、私生活にまで干渉する権利があると考えているようなので」

「なるほど」彼は目の前の用紙にすばやく走り書きした。それからトニを見た。「レーズンの事務所はとても成功している。だが、きみがここで役に立てば、大金を稼げるよ。ただし、きみがレーズンのスパイとしてここに入りこんだのではないと、どうやって確認したらいいんだね？」

「そんなこと、夢にも思っていません」トニは感情を殺して答えたが、いらだちが募ってきた。

彼は鉛筆で用紙をトントンとたたいた。「別の観点から見ることもできる。レーズンのためにこれまでどおり働きながら、彼女の案件をわれわれに報告するんだ。そうすれば二重に金をもらえる。どうだね？」

トニはさっと立ち上がると、まっすぐドアまで行き、たたきつけるように閉めた。車に乗りこむと、自分がちっぽけで薄汚い人間のように感じられ、しばらくじっとすわっていた。

小さな車の周囲で風が強くなってきた。〈ミクスデン〉がこんな提案をするとは信じられなかった。さあ、勇気を出して！　探偵事務所はもうひとつある。町の中心部にある〈ファインド・イット〉だ。あたしぐらいの実績があれば、きっと喜んで雇ってくれるだろう。

広場に車を停めたとき、誰かに見られているという不穏な気持ちを振り払おうとした。

その朝、ジェームズ・レイシーは新しい冬用ブーツを買うためにミルセスターに行った。目の前の細い通りの先に、トニのブロンドの頭が見えた。見張られているのではないかと思っているみたいに、ときどき振り返っている。すると顎ひげを生やした男が、さっと戸口に身を隠した。

ジェームズはあとをつけ、トニから目を離さないようにしながらアガサに電話した。アガサはちょうど事務所に到着したところで、ジェームズの電話を携帯で受けた。

「あのろくでもないポール・フィンリーよ。すぐにそっちに行くわ」

「いや、そこにいて。彼はきみの顔を知っている」

ジェームズはゆうべアガサからポール・フィンリーの話を聞いていた。しかし、さすがに真っ昼間に人通りの多い場所で、トニを襲わないだろう。トニは〈ファインド・イット〉探偵事務所に入っていった。

顎ひげの男は向かいのカフェに入り、窓際の席にすわった。ジェームズも彼に続いて店内に入った。

事務所の中に受付デスクはなく、安楽椅子と低いコーヒーテーブルが置かれた待合室があるだけだった。

どうやって声をかけようかとトニが考えていると、横のドアが開き、長身の女性がたずねた。「何かご用？」

彼女は豊かな灰色の髪をフレンチツイストにしたマニッシュな女性だった。大きな黒い目、薄い唇、かぎ鼻。紫色のセーターを着ていたが、あまりにもぴったりしているので、垂れた乳房の形がはっきりわかった。子どもの本の挿絵で見た魔女を連想させた。

「仕事を探しているんです」トニは言った。

「あら、そう、ミス・ギルモア。あなたのことは知っている。いとしのアガサから放り出されたの？」

「ボスに会いたいんですが」トニはきっぱりと言った。

「わたしがボスよ、お嬢ちゃん。あまり優秀な探偵じゃないみたいね？　わたしはドロレス・ウォッチマン。オフィスに入って」

蜘蛛がハエに言うみたい、とトニは思った。ドロレスには支配的で、かなり威圧的なところがあった。

オフィスは趣味よく飾られていた。ドロレスはアンティークのマホガニー製デスクについた。トニはその前の背もたれのまっすぐな椅子にすわった。壁には数枚の値の張りそうな抽象画と、オーブリー・ビアズリーの絵を額入りの版画にしたものがかけられている。

ドロレスは煙草に火をつけ、椅子に寄りかかった。「で、いつあなたはアギーと手を切ったの？」

「いえ……まだです」トニは言った。「働く場所を替えたいと思っているんです」

「二、三ヵ月、試用期間ってことで働いてもらってもいいわよ。一杯いかが？」

「いえ、けっこうです。あたしにはまだ時間が早いので」

「わたしには早すぎるってことはないの」ドロレスはデスクのいちばん下の引き出しを開け、ウィスキーのボトルとグラスを取り出した。

トニは笑った。「そういうことをする探偵って、本の中だけかと思ってました」

「ひとつ、はっきりさせておく。絶対にわたしのことを笑わないこと。完璧な尊敬を求めるわ。さて、最初は小さな案件から始めて、仕事ぶりを見せてもらう。お給料の方は全額を期待しないでね、それだけの価値があると、わたしが判断するまでは」

「勘違いしてました」トニはいきなり立ち上がった。「失礼します」

「まあ、なんて無礼な小娘なの！」トニがドアから飛び出していくと、ドロレスは叫んだ。トニは事務所から通りに出ていった。


トニが向かいの事務所から出てきたことにジェームズが気づいたと同時に、ポール・フィンリーにちがいない男が代金を投げだすように置いて、カフェを出ていった。ポールはトニを追っていき、ジェームズは二人を追った。

トニが心が決まらないまま自分の車の脇に立っていると、背後から声がした。

「ポールだ。ナイフを持っている。車に乗れ。悲鳴をあげたら、おまえを殺す」

次に起きたのは、空気を震わせるような悲鳴だった。ジェームズがポールのナイフを持った腕をきつくねじり上げたので、ポールの肩の関節がはずれたのだ。ポールは地面に倒れ、わめき、痛みにのたうち回った。ジェームズは警察に電話した。

「また何かしようとしたら」と彼はポールにささやいた。「今度は首をへし折るぞ」

ジェームズは警察の受付でトニが出てくるのを待っていた。アガサが駆けつけてこようとしたが制止した。自分一人でトニと話した方がいいだろう、と。

ようやくビルに付き添われてトニが出てきた。「一杯やりに連れていこうと思っているんだ」ジェームズは言った。「たぶん彼女にはそれが必要だろう」

「わかりました」ビルは言った。「あなたはタイミングよく、いきなり現れますね。アガサとはもう会った？」

「もちろん」

パブに落ち着くと、トニは救ってくれたお礼を言った。

「アガサに電話して、今日はもう休みにした方がいいと思うよ」ジェームズは言ってから、やさしくつけ加えた。「ねえ、サイモン・ブラックのことなんだが、アガサはひどいことをしてしまったとすごく悔やんでいるんだ。きみの人生に首を突っ込む権利なんてアガサにはないし、今はそれがわかっている。いつもの癖で、サイモンは当てにならない、という勘が働いたんだ。たぶんまちがいだったんだろうが。退職通告は取り消して、また彼女といっしょに働いてもらえないかな？」

「そうするしかなさそうです」トニはみじめな表情で、ふたつの探偵事務所で職を得ようとした顚末をジェームズに語った。

「ほらね。世の中には、アガサよりもずっとひどい連中がいるだろ」

トニは弱々しく微笑んだ。

「その調子だ。事務所に残ると、彼女に伝えたまえ」

「わかりました。でも、アガサに出てけって言われたら？」

「アガサは心が広いから、そんなことはしないよ。それに、きみの仕事ぶりをちゃんと評価しているからね」

トニはグラスを干した。「これから事務所に行って、すぐにそうします」

「行く前に、力を貸してほしいんだ。友人の子どもにおもちゃを買わなくてはならないんだよ――七つの女の子だ。何がいいかな？」

「メイ・ディンウッディが経営しているすばらしいお店がありますよ。すべてのおもちゃは手作りなんです。タペストリー・レーンにあります。サイモンのアイディアで、アガサが大々的に宣伝したんです」

メイ・ディンウッディにとって貧困は過去のものとなったが、服のセンスは磨かれていなかった。ピンクのTシャツにロングカーディガンをはおり、ツイードのスカートにピンクのデイジー模様の長靴という垢抜けない格好だった。

ほとんど店の奥のオフィスで事務仕事をしていたが、ハンサムなジェームズが入ってくるのを見ると自分で接客することにした。ジェームズは探しているものを説明した。

「みなさん、女の子にはたいていお人形を買っていきますね」メイはやわらかなスコットランド訛りで言った。「だけど、お人形好きじゃない女の子もいますよ」

ジェームズは笑った。「彼女はちょっとおてんばなんだ」

「だったら、これなんてどうですか？」

メイは木製の美しい手作りの黒と白のスパニエル犬を取り上げた。「引き綱で引いて歩けるんです」メイは言った。「聞いて！」彼女はおもちゃを床に置き、引き綱を引っ張った。犬の目が輝き、ガラガラ声で言った。「散歩させて」

「それに、動かさないと、もっと要求するんです」メイは熱心に言った。

「今すぐ散歩させてって頼んだよね」犬がうなり声で言った。

「赤い首輪の下の小さなスイッチで電源のオンオフができます」メイが説明した。

ジェームズにとって、その価格はとんでもなく高く思えたが、友人の娘は大喜びするにちがいなかった。メイが包んでいるあいだ、ジェームズは話しかけた。

「アガサ・レーズンを知ってますよね、わたしの友人なんだが」

「ええ、もちろん。すべてはアガサと、あの青年サイモン・ブラックのおかげなんです。わたしのおもちゃをアガサに宣伝してもらうように提案したのはサイモンだったんですよ。彼女があんまり高い値段をつけたので、ちょっとうしろめたく感じたほどです」

「あなたのおもちゃを宣伝するのに？　アガサらしくないな」

「いえいえ、おもちゃの値段のことです。宣伝費は一切受けとろうとしませんでした。実はわたしのオドリー・クルーシスの部屋で、キッチンにお茶を淹れにいっているときに、サイモンと話しているのを聞いてしまったんです。アガサはこう言ってました。『忘れないでよ。宣伝を引き受ける代わり、あなたはトニに三年間は手出ししないこと。彼女は誰かと真剣な交際をするには若すぎるわ』サイモンの結婚式に招待されて、軍隊の女の子と結婚すると知って、本当にほっとしました。結局、彼は移り気なタイプだったみたいですね」

ジェームズはうなずいたが、憂鬱になった。アガサの行動はほめられたものではない。彼女の有名な直感は関係なく、ただ優秀な探偵を手元に置いておきたかっただけなのだ。

ジェームズがディナーの席でアガサに会うと、顔を輝かせていた。

「トニが残ることにしてくれたの。なんてすばらしいの」

「友人の小さな娘に、メイ・ディンウッディの店でおもちゃを買ってきたところなんだ」ジェームズは言った。アガサはすばやくメニューを持ち上げて顔を隠したが、ジェームズはテーブルにのりだしてそれをひったくった。アガサのクマみたいな目は追い詰められた表情を浮かべていた。

「で、どうやら」とジェームズは嫌味たっぷりに言った。「ディンウッディを助けてあげるのと引き換えに、サイモンからかなり高くつく代償を手に入れたようだね」

「それがいちばんいいと思ったのよ」アガサはやましさのあまり、大声で叫んだ。

「きみは残酷で利己的だった。何を食べる？」

「何を食べさせたいの？　謝罪（ハンブルパイ）？　いいわ。ごめんなさい、ごめんなさい、ごめんなさい。もう帰りましょうか？」

「不思議なことに、帰ってほしくないよ。わたしがトニを救った話は聞いたかい？」

「ええ、トニが話してくれた。襲われたのがわたしならよかった。ある意味で償いになったでしょ」

「いや、きみじゃなくてよかった。さて、何か頼んで、殺人事件についてこれからどうするか相談しよう」

ホテルの裏手にある庭園を見晴らすテラスで、二人はテーブルを囲んでいた。春がようやくやって来て、三月は子羊のようにおとなしく去っていった。ホテルの庭園は花々の香りでむせかえるばかりだ。頭上のギザギザの暗い雲の向こうに、太陽がかすかに見える。ここは恋人にふさわしい場所と夕べだわ、とアガサは落ち込んだ。元夫とテーブルをはさんでいる恥じ入った女性探偵向けではない。

「わたし、思うんだけど、ゲーリー・ビーチを殺した何者かが彼の家を荒らしたんじゃないかしら。必死になって何かを捜していたらしいの。エイミーが殺されたのは知りすぎたからよ。あるいは彼女が何か知っていると疑われたか」

「拷問された形跡はあった？」

「顔を見ただけだから。でも、傷はなかったし安らかだった——つまり安らかな死に顔ってこと。見たところ絞殺ではなかった。警察は刺し殺されたって言ってた」

「ゲーリー・ビーチは遺言を残していたのかな？」

「ええ。すべてをエイミーに遺したの」携帯を取り出し、パトリックにかけた。電話を切ると、アガサは報告した。「新しいニュースはなかった。もちろんダイヤモンドのことがある。もしかしたらそれを捜していたのかも。エイミーはあの家を売りに出したんじゃないかしら。だったら、警察は捜索をもう終えているにちがいないわ」

「ともかくディナーを楽しもう。それから家に帰って着替えて家に押し入るんだ」

アガサはうれしそうににやっとした。「まるで昔に戻ったみたいね」

7

午前二時に出発することになった。紺色のブラウスに黒いズボンを着ながら、アガサはトニの人生に干渉しなければよかった、と心から悔やんでいた。さっきの食事のとき、ジェームズは感じはよかったものの、どことなく冷たくよそよそしかった。彼は過去に何度もアガサを許してくれた。今回、サイモンをトニから遠ざけたことは許してくれるだろうか、と不安になった。

「不気味だ」というのが、ウィンター・パーヴァに車を乗り入れたときのジェームズの第一声だった。

「通りに緑がないせいだと思う」アガサは言った。「大通りに沿って家々がずらっと立ち並んでいるでしょ。あ、そこで右に曲がって、すぐ左折、それからまた右。他のコテージとちょっと離れている突き当たりのあの家よ。パトリックから行き方を教えてもらったの」

「われわれの存在を知られるのはまずい。あそこの野原の木の下に停めて、歩いて戻ってくるよ」

「売り家」の看板がビーチのコテージの外で白く輝いていた。「もちろん、明日、不動産会社に行って鍵を借りてくることもできるわ」アガサがささやいた。

「そううまくいかないんじゃないかな」ジェームズは言った。「不景気が続いているから、向こうは必死に売りたがっている。きっと案内係がやって来るよ。だめだ、表側の門からは入るのはまずいな。敷地の外側の庭沿いの道を歩いてフェンスを乗り越えよう」

トニだったら、ひとっ飛びで越えられただろう、とアガサは悔しかった。

「よし」ジェームズが低い声で言った。「ここを越えて、裏の温室から入ろう」

アガサは木製のフェンスによじ上ろうとしたが、後ろ向きに地面に落ちてしまった。

「押し上げるよ」ジェームズが組んだ手を差しのべたので、アガサはおそるおそる片足をそこにのせた。ジェームズはぐいっとアガサを持ち上げた。彼女の体はフェンスの上を越え、反対側の芝生に勢いよくころげ落ちた。

「危なかったわ」アガサは文句を言った。「落ちたのが芝生じゃなかったらどうするの？」

「泣き言はやめて。やるべきことがあるんだから」

ジェームズは温室のドアに近づき、ペンライトで錠を照らした。薄い金属片を取り出すと、それを錠とドア枠の隙間に差しこむ。うれしいことにカチッという音がして、ドアが勢いよく開いた。

二人は足音を忍ばせて中に入っていき、ジェームズはドアを閉めた。家はどこも片付けられていた。温室にあった植物はすべて撤去されている。

部屋から部屋へ移動していった。ビルが言っていた高価な家具はどこにも見当たらなかった。エイミーが売り払ってしまったにちがいない。

「捜すような引き出しもないわね」アガサが暗い声でつぶやいた。「警察も殺人者も見つけられなかったのなら、彼はどこに隠したのかしら？」

「すでに徹底的に捜されているようだ」

「ロフトってあるのかしら？　たいてい何か隠すとしたらロフトでしょ」

二人は暗闇で階段を上がっていった。上階には寝室がふたつ、バスルームとお湯のボイラーが設置された戸棚があった。ジェームズは天井にペンライトを向けた。

「ロフトらしきものはないな」

「天井にレトロな梁を取り付けてあるだけね。悪趣味」アガサは言った。

「ううむ、興味深いな」ジェームズが梁を観察しながら言った。「何かを隠すために、梁に空洞を作ったのかもしれない」

「痕跡を残さずに、そんなことできないと思うけど。ねえ、もう出ましょうよ」

「先に行って、車で待っていてくれてもいいよ」

「一人で行くのは嫌。あなたの気が済むまで、ここで待ってる。ねえ、ジェームズ、それ、本来の梁ほど厚みはないでしょ。梁に見せかけてある、ただの薄い板よ」

「ちょっと待って」ジェームズは膝をついて、幅木にそっと手を這わせはじめた。アガサは床にすわると、フェンスから落ちたせいでお尻がひりひりした。

「わたしが幅木に何か隠すなら」と疲れた声で言った。「ベッドの裏側を選ぶけど」

「たしかにそうだな。彼はどこの部屋で寝ていたんだろう」

「ふたつのうち大きい方の部屋じゃないかしらね」アガサは不安そうにせっついた。

「ねえ、そろそろ行かない？」

「あとちょっと」

ジェームズは大きい方の寝室に入っていった。右手の壁にはクロゼットがふたつある。ジェームズがそちらに向かいかけたとき、道を走ってくる車の音がして、ライトが天井を照らしだした。ジェームズはすばやく窓をのぞいた。

「警察だ。畜生。誰かに見られたにちがいない。クロゼットに隠れて、ドアに鍵がかかっているのを見て警察が引き揚げるのを祈ろう」

二人がもぐりこんだクロゼットは衣装戸棚として使われていたものだった。ポールにいくつかスチール製ハンガーがかかっている。

そのとき家の外で警察の声が聞こえた。「鍵はすべてかかっている」一人の声が言った。「裏を確認してきてくれ、ハリー」

静寂が広がり、まもなくハリーの声がした。

「裏も鍵がかかっています。引き揚げますか？」

女性の声がした。「わたし、犬を散歩させていたら、二人の人間が家の横を歩いていくのをはっきり見たのよ」

「こんな時間に犬を散歩させていたのはどうしてですか？」ハリーと呼ばれた警官が問いつめた。

「寝られなかったのよ、あのぞっとする殺人があったせいで。目が冴えちゃって」

「連絡した方がいいな」ハリーの相棒が言った。

「あなた、何をしているの？」ジェームズがペンライトをつけたので、アガサがとがめた。

「もし見つかっても許してもらえそうなものを捜しているんだ。床のそこに何かあるぞ」

ハリーの声が聞こえた。「不動産業者を起こした。すぐに鍵を持って来るそうだ」

「最悪」アガサが言った。

「ここに妙な節穴があるんだ。押してみたら……」

クロゼットの奥が開き、小部屋が現れた。「ナルニアみたいだ――『ライオンと魔女』」ジェームズは興奮していた。「警察が帰ってしまうまで、ここに隠れていられるぞ」

扉を閉めてから、二人は肩を寄せ合って床にすわりこんだ。アガサの裏切り者のホルモンが暴れはじめた。今はだめ、彼女は命じた。

何時間にも思えたが、わずか十五分後に、不動産業者が到着する物音がした。それから玄関ドアの鍵が開けられ、ドスドスという警官の靴音が響いた。どうやら不動産業者らしい声がとぎれとぎれに聞こえてくる。「指紋や足跡を捜してもむだですよ」彼女は言った。「この家にはこれまで数え切れないほどの人が出入りしてますから。しかも、殺人が起こった家を見たい、っていう悪趣味な詮索屋ばかりだったんです」

足音は階段を上がって、寝室に入っていった。

「ああ、どうしよう、くしゃみが出そう」アガサはささやいた。

ジェームズは彼女の顔を自分の方に向けると、キスで口をふさいだ。アガサは頭がくらくらした。かすかに「我慢して」という声が聞こえた。

「どうしたのよ、ジェームズ！」顔を離すと、アガサは低い声でなじった。

「こうすればくしゃみが止まるかと思ったから」彼はつぶやいた。

アガサのホルモンは荷造りをして、また去っていった。

二人は警察が家を出ていくまで待った。さらに、不動産業者が真夜中にひきずりだされたことで文句を言う声が聞こえ、犬の散歩の女性が小道を戻っていき、警察の車が走り去るまで待ち続けた。

「さてと」ジェームズがペンライトのスイッチを入れた。「ここは何なのかな？」

「明かりのスイッチがあるわ」アガサが教えた。「それに窓はない。スイッチを入れても平気よ」

ジェームズは壁のスイッチのところに行った。裸電球の光が二人を照らしだした。

二人は小部屋を見回した。秘密の小部屋には片隅にくしゃくしゃの寝袋があるだけで、そのかたわらには帳簿が置かれていた。「これを家に持ち帰って、ゆっくり調べましょう」アガサが提案した。

「だめだ」ジェームズがきっぱり言った。「手袋をはめてるかい？　けっこう。すばやく見てから、どうにかして警察にどこを捜したらいいのか知らせなくてはならない」

ジェームズはそっと帳簿を開いた。「暗号か何かだな。カメラを持ってくるべきだった。うーん、やっぱり少しだけ借りていこう。となると、またここに戻ってきて、こっそり戻さなくちゃならないってことだが。指紋や足跡をつけないようにする必要があるな。くそ、これで警察の証拠がだいなしになる。いや、この段階まできたら、もう問題ないか。写真を撮ってから、警察に手紙を送った方がよさそうだ」

アガサは同意した。まちがっていると感じたが、警察に知らせるなら、ゲーリー・ビーチの家に押し入ったことを説明しなくてはならないからだ。

ジェームズは黒い革製ベストを着ていたので、胴体部分に帳簿をしまった。

「この庭には裏門はないのかしら？」アガサは哀れっぽくたずねた。

「たぶんあるよ」ジェームズは言いながら、どうしてもっと早く思いつかなかったのだろうと思った。

二人はそっと家から出た。ジェームズは危険を冒して庭をペンライトで照らした。

「あそこのはずれに門がある。でも同じ問題にぶつかるよ。門は頑丈でフェンスぐらいの高さがあるし、南京錠がついている」

「錠前を開けられない？」

「数分かかるけどね。きみがもっと敏捷だったらよかったのに。ただよじ上ればいいだけなんだぞ。人工股関節置換術を受けるべきだよ」

アガサは彼が錠前を開けているあいだ、ラバのように強情に口を閉ざしていた。彼女は誰にも、とりわけジェームズには、すでにその手術を受けたことを知られたくなかった。それに、フェンスをよじ上ったせいで筋肉が痛かった。ようやく南京錠が開いた。ジェームズはアガサを裏の小道に出し、また南京錠に鍵をかけてから、フェンスを機敏に乗り越えてきた。

「さあ、家の裏手のこの小道を静かに進んでいけば、車にたどり着くはずだ。そうすれば、誰にも見られずにすむだろう」

「裏の窓から誰かが見ているかもしれない」

「裏側には木立や藪があるし、どこの窓にも明かりは見えない。行こう」

ようやくコテージのキッチンに戻ってきて、アガサは心からほっとした。

「コーヒーがあるとうれしいな」ジェームズが言った。

「濃いジントニックの方がふさわしいわ」

「でも、わたしには濃いコーヒーを頼むよ。ちょっと隣に行ってカメラをとってくる。素手で帳簿に触らないで！」ジェームズはアガサの隣に住んでいた。

ジェームズが戻って来ると、アガサはリビングのソファですでに眠りこんでいた。ジントニックのグラスをあぶなっかしく胸にのせ、いぶっている煙草は片手にはさんだままだ。

彼はそっとグラスをとり、煙草を消した。帳簿を調べるあいだ、そのままアガサを寝かせておくことにした。

帳簿の記載は謎めいていた。c.h. b.P.L., t.r. P.L. などの謎めいた文字がずらっと並んでいたのだ。彼がアガサを起こすと、まばたきして彼を見上げてから、はっと目が覚めて叫んだ。「何を発見したの？」

「いや、ちんぷんかんぷんなんだ。写真を撮る前に、こっちに来て見てごらん。五ページしか記載がない。殺人者たちがこれを捜していたのだとしても、時間のむだになったんじゃないかな」

アガサはジェームズについてキッチンに入っていき、並んだ文字を困惑して見つめた。

「これからどうする？」アガサはたずねた。

「すべてのページを写真で撮るから手伝って。それから、帳簿を戻さなくてはならない。そして、あの場所をきれいにして、われわれが訪問した痕跡を消してから、警察に匿名で手紙を送るよ」


翌朝、アガサはジェームズの唇の記憶を熱く思い出しながら目覚めた。結婚していたとき、彼は彼なりにベッドでは情熱的だった。しかし、なぜかそれはセックスの最中だけで、行為が終わると、ベッドの自分の側に移動して、彼女が存在しないみたいに眠りこんだ。アガサは結婚生活がどんなにひどかったかを思い出して、あのキスでかきたてられた感情を封印しようとした。細かいことでグチグチ言う彼の腹立たしい癖。それに洗濯のやり方に文句をつけ、彼女に仕事をさせまいとした。心の中でブルブルッと首を振った。ジェームズに対する執着によって、あんなみじめな深みには二度とはまりたくない。

しかし、アルコール依存症患者にとっての酒のように、執着はアガサにとって不可欠なものだった。アルコール依存症患者は、酒が喜びと逃避をもたらしてくれるという夢をひたすら追いかける。かたやアガサも、いつも執着の始まりだけを思い出した。

そのときなら、毎日がこれまでよりも楽しく、また自分が若返ったと感じられるからだ。

事務所に行く前にジェームズを訪ねようかと迷ったが、鋼の意志でそれを却下した。猫たちを裏庭に出してやってから出かけようとしたとき、郵便配達人が大きな包みを届けてきた。「よい一日を」彼は言った。

厳しい冬のあとで、田舎が生気を取り戻しつつあることが空気の匂いでわかった。空は淡いブルーで、どこかすぐそばで黒つぐみが歌を歌っている。

こういう朝、アガサはコッツウォルズでの暮らしをとても愛していることを思い出すのだった。おそらく、茅葺き屋根のコテージや花がびっしり咲き乱れた庭のある村ほど、イギリスで美しい場所はないだろう。

小包はとても重かった。キッチンのテーブルに運んでいった。活字体で彼女の住所が書かれている。差出人は記されていなかった。

それをじっと見つめながら、ジェームズは帳簿をうまく戻して、身元を明かさずに警察に秘密の小部屋について伝えられたのだろうか、と考えた。

キッチンの引き出しからよく切れるナイフを出してきて、小包に貼られたテープを切った。蓋を開けようとして手を止めた。爆弾だったら?

耳を小包に押しつけ、なんて馬鹿らしい、と思った。古い映画では、爆弾はチクタク音がしていた。

昔のテレビで「箱を開けないで!」か「箱を開けて!」と叫ぶゲーム番組をやっていたことが思い出された。

彼女は蓋を開けた。中身はエアクッションにくるまれていた。慎重に包みを開け、現れたものを見下ろした。ショックに身をこわばらせ、ゲーリー・ビーチの死んだ目を見つめた。彼の顔は粒状の氷に囲まれていた。頭部は冷凍されていたのだ。

椅子にへたりこむと、震えないように膝をつかんだ。

立ち上がってカウンターに置かれた電話まで行く気力がなかった。手を伸ばしてバッグをテーブルから下ろすと、携帯を取り出して警察にかけた。


ジェームズは窓からのぞき、パトカーと鑑識班が外に到着するのを見た。ドアから飛び出していくと、ちょうど真っ青な顔のアガサが外に連れ出され、パトカーに乗せられるところだった。

彼女のところに行こうとしたが、警官に遮られた。「立ち入り禁止です」

「アガサ!」ジェームズは叫んだ。「どうしたんだ?」

「頭よ！」アガサは大声で叫び、車に押し込まれた。パトカーは出発し、彼女のコテージの前には立ち入り禁止のテープが張られた。

アガサはショックについて気遣われると、問題ない、とにかく聴取をしてほしいと言い、ウィルクス警部に小包が届いたいきさつを説明した。いつになく弱々しい声で口ごもりながら供述していると、ウィルクスがいきなり呼びだされて聴取は中断した。アガサは宙をぼんやり見つめて待っていたが、温かくて甘いお茶はどうか、という女性警官の申し出に、はっと我に返って断った。

しばらくしてウィルクスが戻ってきた。その顔は深刻だった。

「あなた宛てのメモがつけられていたことは知っていますか？」

「あまりのショックで、そこまで見てません」アガサは言った。「なんて書いてあったんです？」

「『お節介をやめないと、次はおまえだ、詮索好きの雌豚め』と書かれています。何をしたんですか？」

アガサは動揺しながらゲーリー・ビーチの家に行ったことを考えた。「元妻に依頼されて、彼の死について調査していました……」

「その依頼人の死体をあなたが発見したんですね？」

「ええ」

「それで？」

「以上です」

「われわれに話していないことを何か発見したんですか？　実は夜明けに匿名の電話があって、ゲーリー・ビーチの家の秘密の小部屋について知らせてきた。それについてはご存じですか？」

「秘密の小部屋ですって！」アガサは叫んだ。「イーニッド・ブライトンの本から抜け出てきたみたい。まったく想像しませんでした」彼女は用心しながら前屈みになった。「ビーチがどうやって殺されたのか、もうわかってるんですか？」

「検死医からの詳しい報告を待っているところです。だが、予備的な報告書によると、後頭部に鈍器による重度の外傷の痕跡があるようだ」

ショックを受けていたが、アガサは自分への疑いが部屋じゅうに充満していることに気づいていた。この事件をどうしても解決しなくては、と動揺しながら思った。わたしはますます第一容疑者と目されている。だけど、馬鹿げてるわ。自分で自分に切断した頭を送るわけがない。それに、残りの死体はどこなの？　脚と腕がまだ行方不明だった。

「ミセス・レーズン！」ウィルクスが声を荒らげた。「集中してください。亡きミセス・リチャーズの件に戻ってもらいたい。彼女は何か知っていたせいで殺されたのだと、われわれは考えています」

「わたしの供述はすでにとったでしょ。そのときに洗いざらい話したわ」

「それでも。もう一度お願いします」

すべてが終わったとき、アガサは脚に力が入らず、取り調べ室から女性警官に支えられて出てくる有様だった。ジェームズが待っていてくれた。

「庭から猫たちを救いだしたよ」彼は言った。「で、うちに連れてきた。事態が落ち着くまで、うちに来ていた方がいいよ。大丈夫です、おまわりさん、わたしが家に送っていきますから」

「まず一杯飲ませて」アガサは言った。

「まだ朝の十一時にもならないんだ。早すぎる」

「ジェームズ、太陽はもう顔を出しているでしょ。どうしても一杯飲む必要があるの」

「アガサ、それは警戒警報だよ。どうしても一杯飲む必要がある、って言いだすときは、まさにアルコール依存症になりかけているんだ」

怒りが湧き上がったせいで、アガサは脚に力が戻ってきた。「さよなら」いきなり言うと、警察署を出てドアを乱暴に閉めた。

彼女は背後で何か叫んでいるジェームズには耳を貸さず、駐車場の向かいのパブ〈ドラゴン〉めざして進んでいった。

そよ風が吹いていた。パブの外にはテーブルが並べられ、大きなガラス製の灰皿が置かれている。「ようやく文明化したのね」アガサはため息をついた。

彼女はすわるとバッグを開いてライターとベンソン&ヘッジスのパックを取り出し、煙草に火をつけた。彼女の前に影が落ちた。

「ジントニック?」ジェームズがたずねた。

「ダブルにして」アガサはクマみたいな目で彼を見上げると言った。

ジェームズがパブに入っていくと、アガサは携帯を取り出して、トニに電話した。「元のミセス・リチャーズとの友情を復活できないか試してみて」朝のぞっとするできごとについて説明してから、アガサは言った。「彼女は何か知っているかもしれない。つまり、このリチャーズって人物はどこかうさん臭く思えるの」

「パトリックが彼を調べましたよ」トニは慎重に言った。「見かけどおりの男でした――成功しているビジネスマンです」

「それでも探ってみて。フィルにあなたのあとをついていき、目を光らせてもらうわ。万一に備えて」

電話を切ったとき、ジェームズが彼女のグラスと自分用のコーヒーを持って戻ってきた。アガサはふいにチャールズに会いたくなった。ジェームズの家に移るのは嫌だ。煙草も吸えないだろう。それに、ジェームズのいかにも独身男らしい細かいところは、神経に障る。そもそも彼女のコテージは最高のセキュリティシステムで守られていた。

「自分の家の方が居心地がいいと思うの」ジントニックをひと口飲むと、アガサは言った。「安全だし。ねえ、ジェームズ、わたしたちはいっしょに暮らすとお互いにいらいらするって、わかってるでしょ」

彼はしぶしぶ笑みを浮かべた。そのとたん、アガサの心は揺れた。ああ、この青い目と微笑。それが彼の顔全体をぱっと輝かせる。そしてひきしまった筋肉質の体……。

アガサは頭の中で自分に平手打ちした。

ジェームズの方は、かつてアガサに惹かれた気持ちが甦ってくるのを感じていた。日差しに髪が輝いているし、血色もよくなっていた。

「今回ばかりは警察に任せるわけにいかないのかい？」ジェームズはたずねた。

「ええ、できない。真相を突き止めなくてはならないの。ビーチみたいなふつうの警官が、どんなことを知ったせいで多額のお金を手に入れたのか？　それについてぜひとも知りたい。あの残虐な殺し方は復讐だと思う。でも、誰かへの警告でもあったのよ」

「ともあれ、今はひと休みしよう」ジェームズは言った。「家まで送らせてほしい」

アガサはけっこうよ、と言おうとしたが、ショックのせいでまだ弱っていることに気づいた。「ありがとう」グラスを干した。「でも、まだ家に帰るつもりはないの。今も警官だらけでしょ。安い着替えを買ったら、〈ジョージ・ホテル〉に部屋をとるわ」


翌朝遅く、サー・チャールズ・フレイスは死体の頭がアガサに届けられたことを車のラジオで聴いた。ウォーリックシャーの屋敷に到着すると、アガサのコテージの鍵をしまってあるキッチンに行った。鍵はガレージ、地下室などのさまざまな鍵といっしょに、いつもボードにぶらさげてある。だが、アガサの鍵だけなくなっていた。グスタフを呼んだ。「ミセス・レーズンのコテージの鍵を持っていったか？」

「手も触れていません」グスタフは答えた。彼はアガサのことを嫌っていた。

「ちょっと訊いてみてくれ。村の女性が掃除に来ているだろ？　それから叔母にも訊いてくれ」

チャールズはグスタフが戻ってくるのをいらいらしながら待っていた。

「収穫なしです」彼は陰気に報告した。

「すべての錠を調べてくれ。誰も押し入ってこなかったか確認するんだ」

「サー・チャールズがどこかに置きっぱなしにされたのではありませんか？」

「いいから、おまえの哀れな人生で一度ぐらい言われたとおりにしてくれ」

結局、グスタフはキッチンのドアの錠の周囲にかすかなひっかき傷を発見した。

「すぐにアガサのところに行った方がよさそうだ」チャールズは言った。「電話に出ないんだ」

ビル・ウォンに電話すると、アガサは〈ジョージ・ホテル〉に泊まっていることがわかった。チャールズは車に乗りこむと、ミルセスターめざして走りだした。

トニはフィオナの自宅を訪ねたのはまちがいだったかもしれないと不安になっていた。フィオナのヴィラから少し離れたところに停めたトニの車の後方に、フィルも駐車していた。玄関ははっきりと見えたので、トニは待つことにした。

ゲーリー・ビーチの頭部のニュースはすでにテレビで放映されていた。フィオナ・リチャーズはそれを見て、元夫がなんらかの関わりがあるなら、すぐに元夫のところに行くだろう――前々から、トニは彼女が何か知っていると疑っていた。

その日はいつになく暖かだった。太陽がトニの小型車に容赦なく照りつけた。一時間後、フィオナ・リチャーズが現れた。一人きりだ。フィオナは安全運転で車を走らせ、トニはフィルを従えて彼女の黒いＢＭＷを追った。

やがてフィオナは町の広場に駐車した。トニは数台離れた場所に滑りこみ、徒歩で追うことにした。

困ったことに、彼女は〈ジョージ・ホテル〉に入っていった。トニが事務所を出る直前にアガサが電話してきて、〈ジョージ・ホテル〉に宿泊するつもりだと言ってきていた。

フロント係が挨拶するのが聞こえた。「ようこそ、ミセス・リチャーズ。お連れさまがダイニングでお待ちです」

トニは小口現金からお金を持ってくるのを忘れてしまったので、自分のキャッシュカードで〈ジョージ〉の高いランチ代を支払えますように、と祈った。振り返ると、フィルが背後にいた。「誰かとランチをとりに行った」トニは言った。「あたしもダイニングに入っていった方がいいですよね」

「高い食事にむだなお金を支払うことはないよ」あくまで実際的なフィルは言った。「どっちみち誰かといっしょなら彼女に近づくことはできないし。ダイニングルームに入っていって、彼女といる相手を確認したら、道の向かいのカフェで合流しよう。安い軽食をとりながら、彼女が出てくるのを待てばいい」

「いい考えね」フィルは立ち去り、トニはダイニングに入っていった。

ミセス・リチャーズは男性と話していた。彼の外見からして、元夫だろう、とトニは推測した。パソコンに入っているアガサの覚え書きには、会った人すべての人相が詳細に書かれていたのだ。

彼女は戻っていき、フィルと合流した。彼はカフェの外のテーブルにすわっていた。「元夫といっしょみたい」トニは報告した。「彼女一人になったら、また話しかけてみる。以前はとても友好的だったから」

「行って、のぞいてくるよ」フィルが言った。「こっそり彼の写真が撮れるかもしれない」

フィルが席を立ったとたんにトニの携帯が鳴った。チャールズだった。

「アガサが〈ジョージ・ホテル〉にいるかどうか知っている？　わたしが預かってい

た彼女のコテージの鍵が盗まれたみたいなんだ」

「ええ、そこに泊まってます。防犯アラームの暗証番号を鍵に書いておかなかったでしょうね」

「ああ、大変だ。フックの上に番号を貼りつけておいたんだ」

「チャールズ！」

「アガサに知らせないと」


アガサは目を覚まして、ぼうっとしながらまばたきした。誰かがホテルのドアをドンドンたたいている。チャールズの叫ぶ声が聞こえた。「アガサ！　開けてくれ！」

よろめきながらベッドから出ると、叫び返した。「ちょっと待って」

髪の毛はくしゃくしゃで、顔は疲れて青白かった。買ったばかりの安っぽい服を抱えると、ドアを開け、すぐにバスルームに飛びこんだ。「すわっていて」彼女は叫んだ。「着替えてくるから。何があったの？」

「出てきたら話すよ」

チャールズはミニバーを開けて、勝手にウィスキーを注いだ。

アガサは手早くシャワーを浴び、買っておいた下着とだぼっとしたコットンのドレスを身につけた。艶が出るまで髪をブラッシングし、熟練した手際でていねいにメイクした。

出てくると、チャールズが手にしているウィスキーのグラスをにらみつけた。しかも小さな空のボトルが二本ころがっているので、最初の一杯ではないようだ。

「あら、どうぞくつろいでちょうだい」彼女は嫌味たっぷりに言った。「頭部のこと聞いた？」

「ああ、ぞっとするね」

「それで、ここに来てミニバーを荒らしてるの？」

「いや、というわけでもない。実は……」

アガサは彼の話を聞くと言った。「警備会社に電話して、明日来てもらう。今日はほぼずっと警察がコテージにいるでしょうから。本当ならあなたに料金を負担してもらうべきよね。すべての錠と防犯アラームを交換しなくちゃならないんだから」

アガサはいきなりベッドに腰をおろした。「まだ体に力が入らないの。ここに着いてすぐにベッドに入ったのに」

「ランチを食べた方がいい」

「おごってくれる？」

「もちろん」チャールズはしぶしぶ答えた。

ダイニングに入りかけたところで、アガサはフィオナ・リチャーズと元夫を見つけた。

彼女はあとじさった。「ここを出ましょう」ひそひそと言った。「リチャーズ元夫妻があそこにいる。どこか別の店で食べましょう」

ホテルを出ると、アガサはフィルとトニが向かいのカフェにいるのに気づき、二人のところに行った。「彼女が帰るまで待っていて、話しかけようと思っていたんです」トニは説明した。

「ただし、一人だけのときにしてね」

「やってみます」

「わたしたちはランチに行ってくるわ」アガサは言ってから、力をこめてつけ加えた。「チャールズがおごってくれるの」チャールズは予想どおりアガサを〈ドラゴン〉に連れていった。そこはランチタイムのセットメニューが安いのだ。

二人が入っていくと、ビル・ウォンがちょうど食事を終えるところだった。

「これからあなたのコテージに戻るところなんです、アガサ。何か発見されたか確認してきたいので」

「明日には家に帰れるといいんだけど」アガサは言って、ビルの隣にすわった。「チャールズ、ステーキとフライドポテト、それにラガーをハーフでお願いね」

チャールズの上等な服を着た背中がバーの方に遠ざかると、アガサはささやいた。

「あのおばかさん、何をしでかしたと思う?」そして紛失した鍵について話した。

「知ってます。彼が電話してきました」ビルは怒ったように言った。「ランチのあとで署に来てください。ウォーリックシャーのチャールズの屋敷に誰かを派遣して、キッチンのドアを調べさせることになります」

二人の食事が運ばれてくるとビルは帰っていった。アガサは不機嫌そうにステーキをつついた。ジェームズといっしょだと、チャールズの気楽な存在が恋しくなった。でも今はジェームズの安定した頼もしさを求めていた。

携帯が鳴った。ロイ・シルバーからで、興奮した口調だった。「頭部を見つけたって聞きましたよ」

「というか、向こうがわたしを見つけたの」

「ねえ、アギー、ぼくが週末にそっちに行って、あなたのお相手をしましょうか?」

「ええ、いいわね。駅まで迎えに行く?」

「いや、こっちから車で行きます。じゃ、金曜の夜に」

ようやくトニはリチャーズ元夫妻がホテルを出るのを確認した。トム・リチャーズは元妻の頬にキスして、歩み去った。フィオナ・リチャーズは反対の方角に歩きはじめた。トニはすでにカフェの支払いをすませていたので追跡にかかり、フィルはしかるべき距離をおいてトニのあとに続いた。

フィオナはドレスショップに入っていった。ちょっとためらったが、トニも店に入っていくと、ちょうど押しの強そうな店員がフィオナを試着室に案内し、「お客さまにぴったりの品が入荷しました。サクランボ色のシルクです」と言っているところだった。彼女はハンガーから野暮ったいドレスをはずすと、試着室の中に差しだした。

フィオナ・リチャーズは亡くなったエイミーとは対照的だ、とトニは思った。辛抱強く彼女が出てくるのを待った。エイミーだったら、こんな服は絶対に着なかっただろう。

「たった今、あの女性に試着で渡したドレスはおいくらですか?」トニはたずねた。

「四百九十九ポンドです」

「ずいぶん高いのね」

店員は冷たい目でトニを見た。「何かお探しですか？」

「ミセス・リチャーズとちょっと話したいだけ」

店員は試着室に入っていった。「いかがですか？」

「いいかもね。〈ウーマン・オブ・ザ・イヤー〉のパーティーで着る服が必要なの」

「あらまあ、選ばれたんですか？」

「まさか。ただの主婦ですもの。そうね、これをいただくわ」

「お客さまと話したいという若い女性が来ていますよ」

フィオナは試着室から外を見て、ドアを閉めた。「あの人とは話したくないの。帰るように伝えて。しつこい私立探偵なのよ」

店員はトニに近づいてきた。「オフィスの方にどうぞ。ちょっとお話ししたいので。さあこちらに、さもないと警察を呼びますよ」

香水と布の匂いがたちこめた狭いオフィスに入ると、店員は言った。

「ミセス・リチャーズはあなたと話したくないそうです。きっぱりと、そうおっしゃいました。すぐに帰ってください」

その瞬間、店のドアがバンと閉まる音が聞こえた。

店員がウィンドウから外を見ると、フィオナが足早に通りを歩き去っていくところだった。「あんたのせいで売りそこなったじゃないの」彼女はわめいた。

トニは店を飛び出して左右を見たが、どこにもフィオナの姿はなかった。

フィルは七十を超えているにしてはすばらしく機敏で、すぐさまフィオナをつけていった。彼女は早足で歩いていき、回り道をして市場の屋台を突っ切ると駐車場に行った。

彼女が車に乗りこもうとしたとき、フィルが彼女に近づいた。「すみません！」

フィオナは彼を眺めた。フィルは白髪で穏やかな顔をしていた。

「何でしょう？」

「二人組の若者があなたの車をこじ開けようとしているのを見かけたんです。わたしを見て逃げていきましたが。警察に行った方がいいですよ。わたしも届けを出すのをお手伝いします」

「警察は何もしてくれないわ。むだよ。でも、ありがとうございます」

フィルは魅力的な笑みを浮かべた。「連中が向かってくる気になったら、何をされていたかわかりませんね。わたしももう年ですから。おや、動揺しているみたいですね。お茶でもいかがですか？」彼女がためらうと、フィルはつけ加えた。「この年になって、まさかあなたをナンパしようとしているなんて思わないでしょう？」

「ええ、そうよね。ちょうどお茶を飲みたかったたし。〈ジョージ〉でランチをとったんですけど、ちょっと塩がきつかったんです」

「大聖堂の隣に新しいカフェができたんですよ」フィルは誘った。

「案内してください」

カフェの奥の木陰になった庭園で、ポット入りのお茶とトーストしたティーケーキを楽しんでいるうちに、フィオナは見るからにリラックスし、フィルは季節はずれの暖かい気候についてどうでもいい話をした。

「もともとミルセスターのご出身なんですか？」フィルはたずねた。

「いいえ、ロンドンっ子なの。子どもたちが大きくなったら、向こうに戻ろうかと考えているんです。ここではどうしてもしっくりこなくて」

「だけど、田舎はとても美しいじゃないですか！」フィルは言った。

「本物の田舎ってわけじゃないでしょ。こぎれいな野山と手入れの行き届いた畑で、農場主は金儲けして四輪駆動車を乗り回しているわ」

「農場主たちがそんなに安楽に暮らしているとは知らなかった」フィルは思い切って意見を言った。「だって、農業は天候にとても左右されるでしょう」

「それと政府の補助金にね」

フィルはすぐに話題を変えることにした。

「結婚しているんですか？」フィオナに訊かれていることに気づいた。

「いや。あなたは？」

「してました。だけど、子どもがいるので友好的な関係なの。このあいだ彼の奥さんが殺されたのよ、ご存じ？」

「なんですって！」フィルは言った。「ストウの〈テスコ〉で殺人があったって、新聞で読んだが」

「その事件よ」

「どうして彼女が？　少し前に殺された警官と結婚していたせいですか？」

「たぶんね。よりによってあの人が殺された理由は知らないわ。おつむの弱い平凡な人だった。元夫は彼女と再婚したのよ」

「田舎を捨てたいと思うのも不思議じゃない」フィルは声をあげた。「死ぬほど怯えているんですね」

「なぜ？」

「頭のおかしな人間がやたらに人を殺して回っているから」

「そうね。だけど、ぞっとするゲーリー・ビーチがどうして殺されたのかは知らないわ」

「彼を知らないのに、どうしてぞっとする人間だとわかるんですか？」

「誰にでも違反キップを切るって伝説だったの。あなた、ずいぶんいろいろ質問するのね」

「引退したせいですね」フィルは言った。「とても孤独な生活を送っているし、人に興味があるんですよ。お代わりは？」

「もうけっこう。そろそろ帰った方がよさそうだわ。ヴォルフガングが学校から帰ってくるし、下の子たちはナニーに預けてあるから」

「何歳なんですか？」

「ヴォルフガングは十三歳、ジョージーは五つ、キャロルは四つよ。キャロルは週に二日だけ幼稚園に行っているの。それだけ。あまり丈夫じゃないから」

「どこが悪いんですか？」

「誰にもわからないの。肉体的には健康に見えるんだけど、しょっちゅう泣くのよ。ああ、お話しできて楽しかったわ。名刺をください。またお会いできるかもしれないわね」

「ぜひ」フィルは家の電話と住所だけが書かれている名刺を慎重に取り出した。

「カースリー」彼女の目が鋭くなった。「どうして聞き覚えがあるのかしら？」

「新聞に出てたんでしょう」フィルはさりげなく言った。「女性探偵のところに頭部が配達されたって」

「まあ、なんて恐ろしいの。アガサ・レーズンって人だったかしら？　いわば彼女は男性社会にいるんだから、それを受け入れるしかないわね」

フィオナが帰ってしまうと、フィルは考えこみながらお茶のお代わりを注文し、トニに電話した。「彼女はわたしに任せてほしい」それからたずねた。「あの店では何があったんだね？」

トニは話した。「元夫がきみに関わるなと警告したんだろう」フィルは言った。「フィオナとのあいだに友情らしきものができたんだ。だけどアガサはどうしてそんなに興味を持っているんだろう？　フィオナはごく普通の主婦に見えるが」

「警察の調査ではまったく問題がないにもかかわらず、アガサはリチャーズを疑っているんです。フィオナは自分では気づいていないものの、何か知っているかもしれないって。女性たちにフェイスリフトをさせようとする男には、深刻な異常性があるって感じているようです」

フィルはお茶を飲み終えると、店の外に出た。見張られているという気がしたので、念のため事務所には戻らなかった。


その晩、アガサは〈ジョージ〉で一人寂しく夕食をとりながら、ジェームズはどうして連絡をしてこないのだろう、と苦々しく思っていた。そのとき長身のきちんとした身なりの男が彼女のテーブルに近づいてきた。いわばスマートカジュアルな服装だった。銀髪で日焼けした顔、眠たげな青い目に肉感的な唇。

「ミセス・レーズンですか？」

「何か？」アガサは不審そうにたずねた。

彼は向かいの椅子に滑りこんだ。「わたしはガイ・ブランドンと申します。〈ウーマン・オブ・ザ・イヤー〉の審査委員長です」

「ノミネートされて、とても光栄です」アガサは勢いこんで言った。「お食事はすみました？」

「ええ。でも、ごいっしょしてかまわなければコーヒーとブランデーをいただきます」

アガサはウェイターを手招きして注文をした。

「あなたが優勝するべきだと心から思っているんです」ブランドンは言った。「あなたはまさに伝説の人ですよ」

「ありがとう」

「ただ、わたしはあなたを推しているんですけどね、他の二人はクレシダ・ジョーンズ＝ウィルクスを気に入っていましてね」

「その人、いったい何者なんですか？　名前を聞いたことないわ」

「ストウ・ロードでガーデンセンターを経営していて、とても成功しています」

ブランデーとコーヒーが運ばれてきた。「もちろん、他の二人の審査員の決意を翻させることは可能です。ただし、お金がかかります」

アガサはバッグを開いて、こっそりと高性能の小さなテープレコーダーのスイッチを入れた。「失礼。つい煙草を探してしまって。いつも禁煙だってことを忘れてしまうんです。他の二人の審査員は買収できる、そう言ってるんですか？」

彼は頭をそらして、ホワイトニングした大きな歯を丸見えにして笑った。

「評判どおり、あけすけにものを言いますね、ミセス・レーズン。だが選ばれたら、探偵事務所の宣伝になることを考えてください。ミッドランズ・テレビがイベントを報道することになっているんです」

「いくら？」アガサはたずねた。

「一人二千ポンドで問題は解決すると考えています」

「他の二人の審査員って、誰なんですか？」

「メアリー・マンブル、アート・センターの経営者です。それからサー・ジョナサン・ビアリー」

「あなたは以前、下院議員だったんでしょ？　今は何をしているんですか？」

「あれやこれやと。新聞に記事を書いたり、いくつかの委員会に加わったり。引く手あまたでね。それどころか、講演者としてもかなり有名ですよ」

「わたしが選ばれるとわかるまでは、お金を渡すつもりはないわ。選ばれたらすぐにお金を渡す、って二人に伝えてください」

「それから、わたしにも二千ポンドを」ガイ・ブランドンは急いで言った。「二人を説得する仕事をしなくてはならないんですから」

「わかったわ」アガサは言った。「同じ条件でね。わたしが選ばれる、そうしたら、あなたとその二人はただちに支払いを受ける。たぶん現金で支払ってもらいたいんでしょうね？」

「実に頭の回転が速いですね」

「ご推察どおりよ」アガサのクマみたいな目が照明の光で奇妙にぎらついていた。

「だけど、よく聞いて。これは淑女協定よ。約束が果たされるまでは、お金を拝めない」

「でも、もちろん……少し前金でいただけないかな?」

「一ペニーもだめ」

「あなたを信じるしかないようだ」

「ええ、その方がいいわよ。あなた自身のためにも」

「また連絡します」彼は神経質そうに髪をなでつけた。

まったくあきれたもんね。アガサは遠ざかっていく彼の後ろ姿を見ながら思った。

なんてよこしまな世界かしら!

8

金曜の夕方、ロイ・シルバーはカースリーに向けて陽気な気分で出発した。この新しい外見をアガサは気に入ってくれるだろうか。また髪が伸びてきたので、それをジェルで固めてトゲトゲヘアにしていた。そのパンクな外見が我ながらとても気に入ったので、ファッションはレトロで決めようと考え、フレアパンツにオープンネックのシャツを合わせ、やせたツルツルの胸からゴールドのメダルをのぞかせた。

アガサの車の後ろに停めると外に出た。トランクから小さなスーツケースを取り出そうとしたとき、背後からつかまれ、首に硬くて冷たいものを押し当てられた。

「悲鳴をあげたら命はないぞ」押し殺した声が言った。

恐怖にすくみあがったロイはバンまでひきずられていき、後部座席に放りこまれた。アクセルをふかしてバンは発進した。後部座席には目出し帽をかぶった男がすわっていて、ロイに銃を突きつけている。ロイのポケットを探り、財布と携帯電話をとりあ

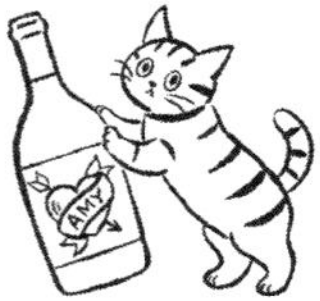

げた。

「なんでこんな真似をするんだ」ロイは悲痛な声でたずねた。

「レーズンが言われたとおりにするなら、心配することはない」男は言った。「だから口を閉じて泣き言はやめろ。さもないと撃ち殺すぞ」


ロイが現れないまま夜が過ぎていった。アガサは彼の携帯にかけたが、つながらなかった。すると、ドアベルが鳴った。ようやくロイね。彼女がドアを開けると、ジェームズが立っていた。

「てっきりロイだと思った」アガサは言った。「彼を待っているところなの」

「彼の車が外に停まっている。たぶん村に散歩に出かけたんだろう。ただ、嵐が近づいてきてるけどね」

アガサは心臓を鷲づかみにされた。「ロンドンから長いドライブの後で散歩に行くわけがない。ああ、どうしよう、彼の身に何かあったのよ」

「落ち着いて。ロイに何かしようとする人間なんているかな？」

「脅迫者よ」アガサはささやいた。「あの頭部を送りつけて、わたしに事件から手を引かせようとしたでしょ」

「怪しいやつは誰も見なかったよ。たった今、家に戻ってきたところなんだ」

アガサは大きく息を吸った。「警察に電話するわ」


ロイはバンから降ろされると、小さな廃屋に押し込められた。銃を突きつけられて中に入ると、ドアが閉まり鍵がかけられた。

ロイは部屋を見回した。大きな雷鳴が轟き、稲光が部屋を照らしだした。床にマットレスが一枚敷かれ、隅にバケツが置いてあるのが見えた。窓には鉄格子がはまっている。

彼は床にすわりこむと、声をあげて泣きだした。

警察はアガサがロイを捜しに行くのを許そうとしなかった。身代金が要求されるかもしれないし、電話のそばで待機していた方がいい、と言うのだ。トニ、フィル、パトリックは、それぞれの車で付近を捜索に出かけた。
ロイは夕食の時間に——年配の住人にとってはお茶の時間に——連れ去られたので、村じゅうの人間は家にいたようだった。というのも、警察が一軒一軒訪ね歩いても同じ答えしか返ってこなかったからだ——何も見なかった。

ロイがシャツの袖で涙をふいたとき、嵐で小屋が揺れたように感じられた。

この恐ろしい悲惨な状況でも、ひとつだけささやかな慰めがあった。おもらしをしなかったことだ。誘拐されると、よくそういう失敗をする、と本で読んだことがあった。

冷静になって、逃げるのに役立つものがないか部屋を調べようとしたが、脚がひどく震えて立てないので、床にまたへたりこんですすり泣いた。ロイは神を信じたことなどなかったし、そのことを誇りにすらしていたが、今やせっぱつまって、どうぞ助けてください、と神に祈った。そうやって生まれて初めて祈っていると、嵐が猛烈に激しくなってきた。

すすり泣きがおさまると、ふいにぐったりと疲労を感じた。

壁に寄りかかってすわり、まぶたが落ちかけたとき、大きな爆発音がした。あとでわかったのだが、雷が屋根に落ちたのだった。ダイナマイトで吹き飛ばされたみたいに、ドアが吹っ飛んでいった。

よろめく足で立ち上がり、とにかく逃げなくてはと考えた。誘拐者がそばに潜んでいようと、もうどうでもよかった。壊れて火がくすぶっている小屋を走り抜け、たたきつける雨の中に飛び出していった。

ロイは左右をすばやく見た。見渡す限り野原だけだ。ギザギザの稲光が走った。そのとき、はるか遠くに車のヘッドライトが見えた。

よろめく足で畑を突っ切って走りだした。体は雨でぐっしょり濡れ、遠くで雷鳴が轟いている。地平線の空に小さな青ざめた星がひとつ見えた。

ようやく幹線道路に出ると、車に向かって必死に腕を振った。怪しげな風体だったせいで、最初は一台も停まってくれなかった。とうとう小さなフォルクスワーゲンが停止して、聖職者のカラーをつけた男が降りてきてたずねた。「お困りですか？」

「いちばん近い警察署に連れていってください」ロイは頼んだ。


アガサはコテージの電話のわきにすわっていた。友人のミセス・ブロクスビーが手を握ってくれている。かかってきた電話を録音する機械が設置され、二人の係官がそれにかがみこんでいる。かわいい刑事アリス・ピーターースンが、またお茶を淹れていた。

「自分を許せない」アガサは何十回目かに、またもやそのせりふを口にした。「あの頭部を見つけた恐怖で、どうかしていたのよ。ロイにこっちに来させるべきじゃなかった」

「こんなことになるなんて、予想できないわよ。ミスター・レイシーはどこなの？」

「ロイを捜しに行ってる」

「じゃあ、サー・チャールズは？」

「彼に連絡することは思いつかなかった。テレビをつけてみるわ」キッチンカウンターに小さなテレビが置かれていた。

二十四時間BBCニュースをつけた。アリスが言った。

「ロイは発見されたら、あなたに電話してきますよ」

「発見されたのが彼の死体じゃなければね」アガサは陰気な声を出した。

夜はのろのろと過ぎていき、真夜中を過ぎた。アガサはテーブルに突っ伏して寝ていた。ミセス・ブロクスビーはそっと帰っていった。

アガサの隣の椅子にすわっていたアリスは、まぶたが閉じかけるのを感じた。ふいに、ニュースキャスターの声が耳に飛びこんできた。「緊急速報です。アガサ・レーズンの友人でもあるPR業界で働くロイ・シルバーが誘拐されたと訴え、チッピング・ノートン警察署に現れました。現在、彼のコメントを待っているところです」

「起きて！」アリスはアガサを揺すぶった。

「どうしたの？」

「ロイが見つかったんです。チッピング・ノートン署にいて、これからコメントを発表するところです」

カメラが警察署の外を映しだしていた。大勢の新聞記者やテレビレポーターやカメラマンが詰めかけている。

「あいつったら！」アガサは低くつぶやいた。「彼が何をしたかわかる？　どうにかして逃げ出して、誰かに助けてもらい、わたしやミルセスター警察には電話一本せずに、携帯を借りてAP通信をはじめ思いつく限りのテレビ局に電話したにちがいない。ミセス・ブロクスビーに電話した方がよさそうね。いえ、やめておくわ。真夜中にこんな理由で起こしたら、牧師がカンカンになっちゃう」

「チッピング・ノートンに行きますか？」

「いいえ。もう寝る」アガサは不機嫌に答えた。

ロイは奇跡的に救出されたことを忘れていた。テレビに登場することに夢中だったからだ。

母親に電話したいので携帯を貸してほしい、と牧師に頼みこんだ。実際にはロイの母親は子どものときに死んでいた。携帯を手にして警察署に入ると、トイレに行きたいと言い、トイレにこもって次から次にメディアに電話したのだった。

しばらくしてトイレから出てくると、牧師にお礼を言って携帯を返し、聴取が始まる前に警察医の診察を受けた。腹立たしいことに、わずか三十分後には警察署の裏口から出され、待っていた車に乗せられてミルセスター署に送られた。注目を浴びるせっかくの機会が失われる、とロイはあせった。

それでも、メディアは彼の行き先を予測するはずだと自分を慰めた。だが、隠れ家に連れていかれ、ここで警備つきで過ごしてもらいたい、と言われたので啞然となった。

そこで初めてアガサのことを思い出し、ものすごく怒っているにちがいない、とあせりはじめた。眠れぬ夜を過ごし、朝に警官が旅行用のバッグを持って来る物音に目を覚ました。「電話を使ってもいいかな?」ロイはたずねた。

「いいえ、だめです」警官は苦々しく言った。「あなたを助けたプレンティス牧師が携帯をチェックしたら、十カ所にかけていることがわかったそうです。その大半がロンドンでした。いずれ彼から請求書が届きますよ」

ロイは気まずさのあまり赤面した。着替えてから湿っぽいクロワッサンをふたつ食べ、インスタントコーヒーを飲むと、警察署に連れていかれた。これから何時間にも及ぶ聴取を受けることになるのだ。

ロイはかなり脚色した話をするつもりだったが、ウィルクスの厳しい顔とビル・ウォンの警告するような視線を目にして、本当のことを語った。ただし、必死に神に祈ったことだけは省いた。真っ昼間だと、神に祈るなんてあまりにも意気地なしに感じられたからだ。ストリートカルチャーに通じた人間だという評判をだいなしにしたくなかった。

ようやく聴取は終わった。さて、これからカメラとご対面だ、とロイは意気込んだ。しかし裏口から出るのに一時間以上待たされたあげく、ようやくアリスがカースリーに送ってくれることになった。

「メディアがついてくるんですけど」アリスは言った。「やつらをまきましょうか?」

「いや、大丈夫だ!」ロイは叫んだ。「ちゃんと対応できるよ」

アガサのコテージの外で降ろされ、アリスが走り去った直後に、うれしいことにメディアの一隊がやって来るのが見えた。誘拐されたときに着ていたレトロな服はボロボロになっていたので、ジーンズとTシャツに着替えていた。

コテージの戸口に立ち、咳払いして脚光を浴びる瞬間を待ち構えていたときに、背後でドアが開いた。「なんて自己チューな男なの」アガサは大きなよく通る声でなじった。

「だけど、アギー、ぼくは誘拐されて、殺されかけたんですよ」ロイは訴えた。

ジェームズがアガサの後ろから現れ、彼女を家に引っ張りこんだ。「彼はひどい目に遭ったんだ。多少はいい気分を味わわせてあげよう」

ロイは記者会見をしたが、さっきまで考えていたよりもずっと控えめな話をした。ただし、そのおかげでかえって心に訴えかけるものになった。

ようやくアガサとジェームズ、それにミセス・ブロクスビーとキッチンに落ち着いた。

アガサはロイにコーヒーを淹れた。全員が開いた玄関越しに彼の話をすでに聞いていた。

「そんなことが起こるなんて、まさに奇跡よ」アガサが叫んだ。「その雷のことだけど」

ロイはミセス・ブロクスビーをちらっと見てから、ジェルで固めた髪の根元まで真っ赤になった。ロイはカースリーに行く途中でドラッグストアに寄って、どうしてもジェルを買いたいと言い張ったのだ。その後、パトカーの助手席でバックミラーをのぞきながら髪をセットしたのだった。

「どうして赤くなってるの？」アガサが不審そうに追及した。

「それはまさに神の救済だったにちがいないわね」ミセス・ブロクスビーが穏やかに言った。「あなた、祈っていたの、ロイ？」

「すごくつらくて」ロイは言うと、しゃくりあげはじめた。さんざん泣いたあとの子どもみたいで、涙は出なかった。

「よしよし」アガサはすっかりやさしい態度になった。「何か食べて寝た方がいいわよ。ボスに電話して、月曜は休むって伝えなさい」

「あいつらがまた襲ってきたら？」ロイはたずねた。

「牧師館にいらっしゃいな」ミセス・ブロクスビーが言った。「あなたの居場所は警察以外に言わないわ」

ロイは感謝し、びくつきながらミセス・ブロクスビーと出ていった。

ロイが行ってしまってからすぐに、ビル・ウォンとアリスがやって来た。ロイは牧師館に行ったと、アガサは二人に伝えた。

テーブルを囲んですわると、ビルが口を開いた。

「この殺人事件はまちがいなくサイコパスの単独犯じゃないですよ。それに駐車違反のキップを頻繁にもらった人の復讐でもない。ギャング団の犯行に思えます。つまり、たいていドラッグと売春がからんでいる」

「テロ活動ってことは?」ジェームズがたずねた。

「諜報機関では何も発見していません」

「だからといって、そうじゃないということにはならないわよ」アガサが指摘した。

「だけど、もしこの連中がテロリストなら、ビーチにどんな得があったの?」

「彼はいつも嗅ぎ回っていた」ビルが言った。「連中を脅迫するネタを発見した可能性がありますね」

「だけど」とジェームズが反論した。「ビーチを亡き者にしたのに、どうしてアガサを狙うんだ? たぶんロイのことは彼女の息子だと思ったんだよ」

アガサはむくれた。年齢のことは思い出させられたくなかった。

「問題は」とビルが重々しく言った。「全員が大変な危険に瀕しているってことです。アガサだけじゃなくて、ジェームズも、探偵事務所のスタッフ全員も。過去に、アガサの成功がさかんにメディアに取り上げられた。犯人どもは、アガサが何か発見するのを恐れているんですよ」

「何か手がかりはあったの、あの中に——」アガサはあわてて唇を噛んだ。うっかり、ビーチの秘密の小部屋で発見された帳簿に手がかりをつかんだのか、と訊きそうになった。

「あの中って？」ビルが疑わしそうにたずねた。

「ほら、たとえば、ロイが連れていかれた小屋の中とか。誰のものだったの？」

「半年前から売りに出されている農場の畑のはずれにある廃屋だったんです。農場主は老人ホームに入ってます。相続人たちは農業を続けたくないらしく、誰もあそこには住んでません。指紋もとれなかった。屋根の一部がくずれたし、嵐で何もかもきれいに洗い流されてしまった。ところで、ロイをチッピング・ノートンまで乗せてくれた牧師が電話代を払ってほしい、と言ってますよ」

「電話って？」アガサがたずねた。

「ロイが母親に電話したいと言って、牧師の携帯を借りたんです」

「もう亡くなってるのよ！」

「ともかく、あちこちのメディアにかけるために使ったんです」

アガサはため息をついた。「ロイにちゃんと支払わせるわね」ビルの感じのいい顔を見ているうちに、急に気分が滅入ってきた。ビルはアガサの知り合いで唯一のまともな男性だった。ジェームズは冷たかったし、チャールズは気まぐれ、ロイは基本的に宣伝することしか考えていない。そのとき、ビルがきれいなアリスと笑みを交わし合ったので、アガサは嫉妬で胸が疼いた。

「さて」とビルが言った。「コテージとオフィスに一人ずつ警官を配置しますね。ただし、スタッフ全員の家までは警備できない。あなた自身の安全のために事務所を休みにして、みんなを安全な場所に行かせ、捜査は警察に任せてもらいたいんですが」

「この不況のさなかなのよ！」アガサは叫んだ。

「たとえばトニに何かあったら困るでしょう」ビルは言った。「スタッフを守るために、この殺人事件の調査はやめる、とメディアに発表してもらいたいんです。少なくとも、それならできますよね？」

二人の会話はドアベルが鳴るたびに邪魔された。

「メディアはまだ外にいますよ、アガサ。さあ行って、すぐに発表してください」

「もう、わかったわよ。犯人は誰だか知らないけど、たしかに死ぬほど怖かった」

彼女がコメントを発表しているあいだ、三人は待っていた。

ようやく戻ってきたアガサは不機嫌だった。メディアは彼女の降伏の裏にはもっとぞっとする話があるにちがいない、と考え、「白状しろ」と責め立てたのだ。

ビルとアリスが帰ってしまうと、ジェームズはアガサの宣言がニュースで流れるまでは危険だと言って、警護のために残ってくれた。アガサは警備会社の作業員がやって来て、錠を交換し、防犯アラームの暗証番号を変更し、さらに地元の作業員が一階の窓すべてに格子を取り付けてくれるのを待った。

ジェームズはランチにオムレツを作り、作業員が仕事を終えるまでアガサに付き添っていた。

「やっぱり、わたしの家に来た方がいいんじゃないかな」彼はまた言った。

アガサは小さな笑みを浮かべた。「煙草を吸ってもいいの?」

「だめだ」

「じゃあ、やめとく。だけど、わたしに付き添ってくれ、猫たちの面倒を見てくれて感謝してる。これから事務所に行って、ビーチの死についての調査は中止するように、みんなに伝えるわ」

「きみもかい?」

「ええ、わたしも」

テレビや新聞で彼女の宣言が伝えられてから、アガサの生活はとても静かになったように感じられた。

五月がやって来たものの寒くて風が強く、雨ばかりだったが、やがて晴れた日がずっと続くようになった。

アガサは〈ウーマン・オブ・ザ・イヤー〉のパーティーのために念入りに身支度をした。お気に入りの美容師ジャネルに艶のある茶色に髪をカラーリングしてもらい、エステティシャンのドーンには手術ではないフェイスリフトをたっぷり施術してもらった。これで、ひそかに闘いだとみなしているイベントに赴く準備が整った。

やわらかなシフォンの白いブラウスに上等のパールをつけ、サイドスリットの入った黒いシフォンのスカートを合わせ、ハイヒールをはいた。〈ジョージ・ホテル〉まで運転していくあいだじゅう、怪しげな車がつけていないか、頻繁にバックミラーをのぞいて確認した。ゲーリー・ビーチ殺害の犯人に対する恐怖はまだ消えていなかったのだ。

アガサが到着したとき、イベントのために貸し切りにされたレストランは、すでに混み合っていた。アガサは他の三人の候補者のすわっているテーブルに案内された。ガーデンセンターを経営しているクレシダ・ジョーンズ＝ウィルクス。地元の詩人、ジョアンナ・トリップ。怒りのこもった抽象画を描くがっちりした女性、フェアリー・メイザー。

「あら、あなたって、脅しに怯えて事件から逃げだした探偵でしょ」フェアリーがつっかかってきた。

アガサの小さな目がきつくなった。「妖精(フェアリー)って名づけるとは、ご両親は何を考えていたんでしょうね？　妖精よりもトロールって感じなのに」

「なんですって、嫌味な女！」

「ええ、そのとおりよ。ワインを回していただける？」

三人の候補者たちは不安そうにアガサを見た。

「こんなに侮辱されたのって、生まれて初めて」フェアリーが憤慨した。

「じゃあ、そろそろ慣れておいたら」とアガサは返した。「ああ、最低最悪、マリガトーニスープ（カレー風味のスープ）だなんて。しかもこんな暑い夜に。もっとましなものを出せないの？」

ピンクのブラウスにイブニングスカートというきちんとした装いをしたジョアンナ・トリップは、こぢんまりした目鼻立ちに大きな眼鏡をかけていた。彼女はアガサに嫌悪のまなざしを向けて言った。「まったくぞっとする人ね」

ジョアンナはコッツウォルズについて「かわいらしい」詩を書いて、地元誌や新聞に載せていた。アガサのろくに教養のない頭ですら、その詩がへたくそだとわかった。

アガサは詩人をじろっと見て、自作の詩を口にした。

「口を閉じて去れ　死ぬまで戦わずに退却せよ」

三人の女性たちは互いに慰め合うように椅子を近づけると、低いささやき声で三人だけでしゃべりはじめた。

スープに続いて出てきたのは、べとついたホワイトソースに浮かぶチキンとマッシュポテトだった。〈ジョージ〉はいつも料理がおいしいと評判だった。なのに、ちっぽけなチーズケーキが出されるにいたって、こんな低予算の料理は食べたことがない、とアガサは結論づけた。

コーヒーが出されると、ガイ・ブランドンがマイクを握った。パーティー会場の大半の男性はディナージャケットに蝶ネクタイ、というセミフォーマルな服装だったが、ガイはストライプのシャツに水色のセーター、スキニージーンズという軽装だった。

彼は座を「楽しませ」ようとした。ぺちゃくちゃしゃべり、自分を笑いものにし、自分で自分の冗談に大声で笑った。アガサはなんて退屈きわまりない男かしら、とあきれた。

時間がどんどん過ぎていった。ガイは大きな声を出していた。アガサのテーブルのすぐそばにスピーカーがあったので、しまいには頭の中で彼の声が響いているような気がしてきた。参列者たちはもじもじしはじめ、しだいに笑い声は弱々しく、まばらになっていった。しまいには他の三人の候補者だけが、新しいネタのたびにお世辞笑いをしていた。

とうとうステージの上でガイの背後にすわっていた市長が身をのりだして、腕時計をたたいた。

「はいはい……」ガイはにっこりした。「いよいよ、すばらしい瞬間です。その封筒を渡していただけますか、市長。さて誰が選ばれたのでしょう？」彼は聴衆ににやっとしてみせた。「優勝者は……」長い沈黙。

誰かが叫んだ。「おい、さっさと言え」

ガイは顔をしかめた。「優勝者は……ミセス・アガサ・レーズンです。お立ちください、ミセス・レーズン！」彼は叫んだ。

アガサがステージに近づいていくと、カメラのフラッシュがたかれた。ガイは片腕を彼女の肩に回した。

「ひとことご感想をお願いします。感激でいっぱいにちがいありませんね」

「わたしが申し上げたいのは……」アガサはマイクをつかんだ。「どのように審査がおこなわれたのか、みなさんはご興味があるだろう、ということです。これをお聞きください」アガサはテープレコーダーをマイクに近づけ、スイッチを入れた。ガイが彼と他の審査員に金を支払えば優勝できる、と言っているのを部屋にいる全員がはっきりと聞いた。

テープが終わると、ガイはステージであとずさりしはじめ、野次や口笛の合唱が湧き上がった。新聞記者はこの報道が朝刊には間に合わず、テレビにスクープされることで悔しがった。ただし、どの記者も、ガイを徹底的にこきおろす記事を書いてやるつもりでいた。

アガサは両手を振り上げて静粛を求めた。「この欺瞞にかんがみて」と彼女は言った。「賞は他の三人の候補者と分かち合い、全員が〈ウーマン・オブ・ザ・イヤー〉の称号を与えられるべきだと考えます。ねえ、みなさん」

ガイは逃げ出した。夜じゅうアガサを避けていた三人の女性たちは満面に笑みを浮かべ、ステージ上の彼女のもとに向かった。

ビル・ウォンは仕事に行く前に地元テレビのニュースをつけ、怒りと困惑を浮かべて画面をにらみつけた。当分目立たないようにしているのが肝要だということを、アガサはわからなかったのか？　ガイ・ブランドンがインタビューを受けていた。何もかもただのジョークだったのに、ミセス・レーズンは真剣に受け止めてしまった、と弁明した。彼女は押しが強く野心家だという噂があるので、賄賂の話にのってくるか確かめただけだ、と。インタビュアーは、では、なぜそのままジョークを続けて彼女を選んだのか、と質問した。するとガイはブツブツ、モゴモゴつぶやきながらえり元のマイクをはずし、スタジオから逃げていった。


アガサが事務所のドアを開けると、ビルが待っていた。ふだんは冷静な刑事が、こんなに怒っているのを目にするのは初めてだった。

「なんでまたこんな真似を？」彼は声を荒らげた。「あのテープを手に入れたらすぐに警察に来るべきだった。今は目立たないようにしなくちゃならないんですよ。ロイに劣らず最低だ。何があっても宣伝に飛びつく。本当に愚かな人ですね」

「これは事件とは何の関係もないでしょ」アガサは大声で反論した。「だいたい、誰がゲーリー・ビーチや元妻を殺したのか、捜査の進展はあったの？」

「いくつかの手がかりを追っているところです」

「あら、そう。ははーん、つまり手がかりなしってことね。テレビのドキュメンタリー番組を見てると、鑑識は毛髪やほこりから、ちゃんと誰かを突き止めているようだけど」

「きちんと見ていたら、解決に何年もかかる事件もあるってことがわかったでしょうね。とにかく用心してくださいよ」さっきよりも穏やかな声で、ビルは警告した。

ビルが帰ってしまうと、アガサはいきなりすわりこんだ。犯人が誰にしろ、二ヵ月前にあの頭を送りつけられた恐怖がどうしても消えなかった。このところ、よく眠れなかった。昼間も、家に帰って上掛けを耳まで引っ張り上げるときのことをしょっちゅう考える。

怒りを感じると、恐怖は弱まった。この事件を解決できるような手がかりを、何でもいいから見つけなくてはならない。こんな生活を続けていくのは無理だ。

スタッフが入ってきたので顔を上げた。スタッフたちは、その日こなすべき仕事について相談している。

「ビーチに何が起きたのか、もう調べないんですか？」トニがたずねた。

「そうよ」アガサはきっぱりと断言した。「あの事件は忘れましょう。警察に任せて」

「いつから警察に任せるようになったんだ？」パトリックが悲しげに言ったが、アガサは無視した。

「で、あなたは今日、何をするつもりですか？」全員が仕事を割り振られると、フィルがたずねた。

「書類仕事を片付ける」アガサは言った。「さあ、みんな、出かけてちょうだい」

トニが出ていくとき、アガサは怪しむように彼女を一瞥した。トニの顔が輝いているように見えたのだ。またもや、ろくでもない年上の男を見つけたんじゃなければいいけど、とアガサは危惧した。

トニの仕事は行方不明のティーンエイジャーを見つけることだった。実はゆうべすでにその少女を見つけ、親元に送り届けたのだが、アガサには報告していなかった。サイモンと会うために、一日空けておきたかったのだ。彼とはウィンター・パーヴァのティールームで会うことになっていた。あの村には絶対にアガサは足を向けないだろう。サイモンは休暇でアフガニスタンから戻ると、すぐにトニに連絡をとってきた。予定している結婚はまちがいだった、結婚相手のスージーはいばり散らす女性だとわかった、と。ゆうべ、サイモンはトニに電話してきて会う約束をし、会ったらすべてを説明する、と言った。

トニがティールームのそばに駐車したとき、ウィンター・パーヴァはその名前である冬（ウィンター）のかけらも感じられなかった。大きなふわふわの雲が青い空を流れていき、メインストリートの木々はかすかな風にそよいでいる。メインストリート沿いの古いコテージや店は、年老いた村人みたいに道路脇にうずくまり、時の流れを眺めていた。最近はチェーン店が台頭してきているにもかかわらず、ウィンター・パーヴァは個人商店がまだ生き残っていた。ティールーム、おみやげ屋、金物屋、パン屋、魚屋、肉屋——すべてコッツウォルズの伝統を支えているものだ。突き当たりには大きな教会があった。毛織物の商売が最盛期だった時代に、裕福な商人たちによって建てられたものだ。その巨大なゴシック様式の尖塔は、大きな日時計の針みたいな長い影をメインストリートに落としている。

ティールームの見晴らし窓のそばでサイモンの姿を見つけ、トニの胸は高鳴った。ふさふさした髪と道化師のような顔は変わっていなかった。

トニが合流すると、アガサ・レーズンの裏切り行為のことで、すぐさま話が盛り上がった。やがてトニは悲しげに言った。

「今さら結婚を取りやめにはできないよね」

彼はうなだれてつぶやいた。「もうどうにもならないんだ。ぼくの連隊は休暇中なので全員が出席することになっている。盛大な式になる予定なんだよ、トニ。市長も出席する。ぼくは罠にはめられたんだ。すべてアガサのせいさ」

「まさか。彼女はアフガニスタンにはいなかった。無理やり彼女がスージーへのプロポーズをさせたわけじゃない」

「たしかに。でも、ぼくは落ち込んでいたし、スージーはいい人だった。とても同情してくれたんで、つきあうようになったんだ」

「まだ逃げ出す時間ならあるよ」トニはせっついた。「愛情のない結婚のことを考えてみて」

「だけど、スージーはぼくを愛してるんだ。え、何だい？」

「ウェイトレスが注文をとりたがってるみたい」

二人ともお茶とスコーンを頼んだ。教会の尖塔の影がティールームの窓越しに移動していく。トニはむなしかった。サイモンが電話してきたとき、結婚は取りやめにすると言うつもりにちがいない、と期待していたのだ。

「じゃあ、このまま結婚するのね」トニは低い声で言った。

「そうするしか――」サイモンはお茶とスコーンが運ばれてきたので言葉を切った。

トニは小さなため息をついた。「あんた次第でしょ。どうしてそのまま進めちゃったの？」

「スージーは妊娠しているんだ」

「ああ、サイモン！」

彼は肩をすくめた。「たぶん父親になることは大きな穴埋めになるんじゃないかな」彼は熱っぽくトニを見つめた。「こっそり会えばいいよ」

「いえ、だめ」トニは強い口調で拒絶した。「あたしには自分の生活があるし、既婚者とこそこそ会うのはそれに含まれてない」

気まずい沈黙が続いた。やがてサイモンが言った。

「死んだ警官の事件について話して」

トニは詳細を語った。「ギャングじゃないかと思うんだ」彼女はしめくくった。「EUが国境管理をなくしてから、イギリスは犯罪人を次々に入国させているから」

「だけど、よりによってどうしてミルセスターなんかに？」サイモンはたずねた。

「バーミンガムみたいに大きな都市じゃないだろ。しかも、隠れる場所もない。それに、そのトム・リチャーズって男だけど、本当に後ろ暗いところがないのかな？　二人の女性に整形手術をさせたがるって、かなりいかれたやつに思えるけど」

「それほどおかしくないよ。あたしたちが扱う離婚案件って、たいてい女性の方からなんだ。夫はテレビを見て、いろいろ性的な想像をふくらませ、家でも試そうとする。

女性はノーって言う。けんかが勃発。そのあとは離婚。妻に整形手術をさせたがるのは、夢想の一部なんじゃないかな。ただ、この殺人事件には関わるなって、アガサに言われているの」

「彼女らしくないな」

「まあね、死人の頭が郵便で送られてきたら、アガサ・レーズンだって怯えちゃうよ。あたし、そろそろ戻らなくちゃ。もう会うつもりはないからね」

「結婚式には来てくれるんだろう？」

「遠慮しておく」

「だけど、探偵事務所の全員を招待したんだ。みんな来るよ」

「うーん、それなら参列するかも」

9

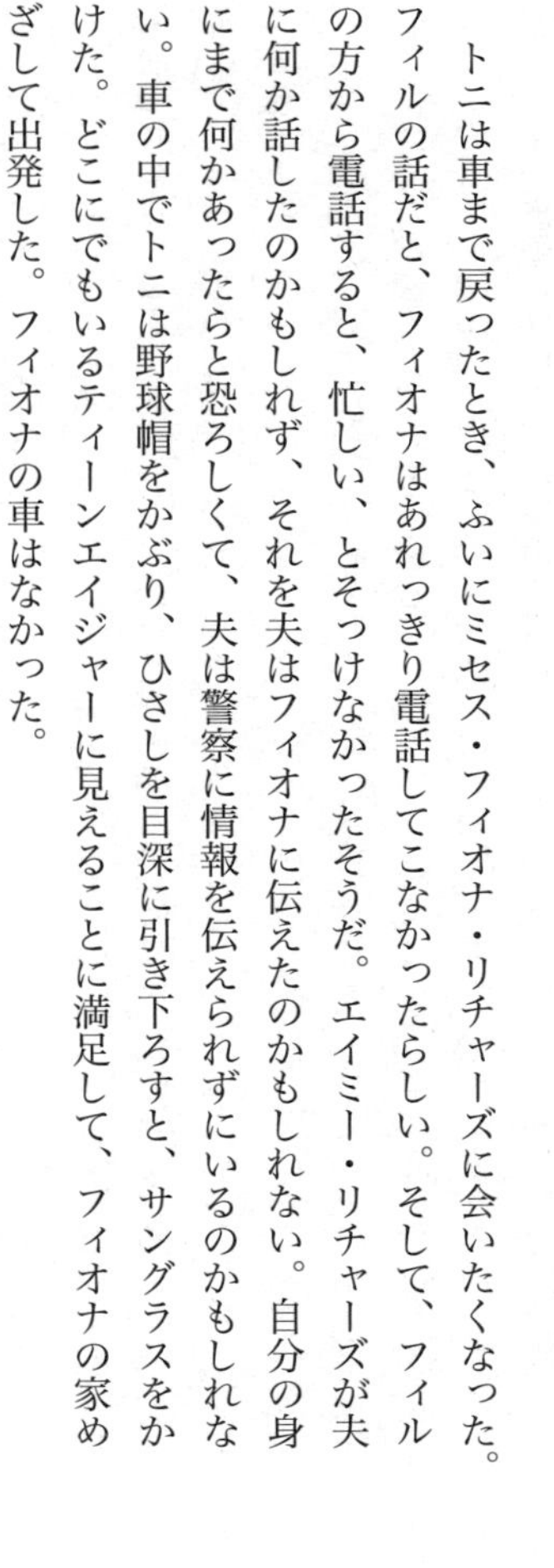

トニは車まで戻ったとき、ふいにミセス・フィオナ・リチャーズに会いたくなった。フィルの話だと、フィオナはあれっきり電話してこなかったらしい。そして、フィルの方から電話すると、忙しい、とそっけなかったそうだ。エイミー・リチャーズが夫に何か話したのかもしれず、それを夫はフィオナに伝えたのかもしれない。自分の身にまで何かあったらと恐ろしくて、夫は警察に情報を伝えられずにいるのかもしれない。車の中でトニは野球帽をかぶり、ひさしを目深に引き下ろすと、サングラスをかけた。どこにでもいるティーンエイジャーに見えることに満足して、フィオナの家めざして出発した。フィオナの車はなかった。

トニは町の中心部に車を走らせた。たぶんフィオナは買い物に行っているのだろう。市の立つ日だった。トニは屋台のあいだを行ったり来たりした。ランチの時間が近づいてきたので。〈ジョージ〉をのぞいてみることにした。ホテルの駐車場を確認すると、フィオナの車が停められている。ロビーの肘掛け椅子にすわり、誰かを待っているふりをすることにした。

トニは新聞を広げ、ホテルに誰か入ってくるたびに、新聞の陰からこっそりのぞいていた。

そうやって待っているとき、自分でも意外だったが、もうサイモンにはまったく何も感じていないことに気づいた。彼はただの夢だったのだ。アガサがお節介をやかなかったら、その夢はとっくに消えていただろう。

「失礼、トニ・ギルモアですか？」

トニは新聞を下げた。目の前に男性が立ち、彼女に微笑みかけていた。男はとても金のかかった服装をしていて、身なりに気を遣っていることが見てとれた。かすかにコロンの香りを漂わせている。大きな感じのいい顔で、長身でたくましい体つきをしている。茶色の目には小さな金色の斑点が散っていた。

「ええ、そうですけど」野球帽とサングラスではろくな変装にならなかったようだ。

彼はトニの隣にすわった。「あなたに声をかけるなんて図々しかったですね。アドバイスがほしいんですよ。本当はミセス・レーズンにお会いしたかったんだが。これが名刺です。ピーター・パウエル、不動産業をしています」

「で、ミセス・レーズンにどういうご用件ですか？」トニは用心しながらたずねた。

「実は、コッツウォルズにコテージを探しているクライアントがいましてね。村々をいっしょに車で回って、カースリーに行ったんです。そうしたらミセス・レーズンのコテージがすっかり気に入ってしまいまして」

「あそこに目を留めるなんて妙ですね」トニの疑いはますます強くなった。「袋小路なのに」

「ライラック・レーンの入り口から見かけたんです。それでコテージの前まで車で入ってみました。どうしても購入したいと言っています」

「アガサは売らないですよ、それは確かです」

「だが、彼の買い値を聞いてからにしてほしいですね」

「その人は誰なんですか？」

「現時点では匿名を望んでいます」

「ミスター・パウ……」

「ピーター。ピーターと呼んでください」

「ではピーター、アガサ・レーズンはつい最近までふたつの残虐な殺人事件を調べていた探偵なんです。あたしと同じく、その謎の買い手に対して非常に疑わしいと思うでしょうね。それどころか、あなたの関心について、あたしは警察に通報するつもりでいます」

「わたしのことはいつでも調べてもらってけっこうですよ。不動産業界ではちょっとは名が知られているし、いい評判をいただいていますよ」

「では、警察はあなたのクライアントにいっそう興味を持つでしょうね。こんなふうに考えるでしょう。その有望な買い手はあの家に入って見学したがっている。ちがいますか？」

「そのとおりです」

「だとすると、警察は当然、それが誰で、どうしてなのかを知りたがるでしょう」

「当然です。どうぞ警察に連絡してください」


彼が立ち去ると、トニはホテルのロビーを突っ切って、ダイニングルームをのぞいた。フィオナの姿はなかった。大胆にもフロントで、ミセス・リチャーズはホテルにいるかとたずねてみると、彼女はすでに帰ったと言われてがっかりした。

あの不動産業者としゃべっている間に帰ったにちがいない、とトニは思った。あたしはすべての人も、すべてのできごとも、疑ってかかっているけど、それにしてもこの不動産業者って本物なの？

広場の向かいの警察署に向かおうとしたとき、ビル・ウォンが車に乗りこむのが見えたので呼び止めた。フィオナを見張っていたことは黙っていた方がいいだろう、とトニはすばやく判断した。事務所の全員が調査から手を引くように求められていたからだ。

彼女は不動産業者とアガサのコテージを買いたがっているクライアントについて話した。

「調べてみた方がよさそうだ」ビルは言った。「ぼくに任せてほしい。それに、どうしてその不動産業者はきみに近づいたんだろう？　じかにアガサに電話せずに？」

ビルと別れてから、トニは携帯でアガサに電話して報告をした。

「その男が近づいてきたとき、どこにいたの？」アガサはたずねた。

「ビルには言わなかったんですけど、〈ジョージ・ホテル〉の駐車場でたまたまフィオナの車を見かけたので、ロビーで待っていたんです。そうしたら、この不動産業者が話しかけてきて、彼が立ち去った後、彼女の姿も消えてました」

アガサの声は心配のあまり鋭くなっていた。

「トニ、殺人事件とは関わりを持たないことになっているでしょ。危険すぎる。例の離婚案件を抱えているはずよ。そっちを進めて」

トニが帰ってしまうと、ビルは警察署に戻り、不動産業者について短い報告書をまとめるとウィルクスに提出した。

「彼の会社は〈パウエル・スラリー&カード〉というんだ」ウィルクスは言った。「その会社が扱う売り家の看板を見たことがある。会社に行って彼と話し、クライアントの名前を聞きだしてきてくれ」

不動産会社のオフィスは大聖堂界隈の曲がりくねった中世からの通り、グリーブにあった。ビルはオフィスに入っていき、ミスター・パウエルに会いたいと言った。受付の女性は奥の部屋に入っていってから、中にどうぞ、と手振りで示した。パウエルはデスクの前から立ち上がり、大きな手を差しのべた。

「おやおや警察がわざわざ訪ねてくださるとは、どういうご用件ですか?」彼はたずねた。

「アガサ・レーズンのコテージを買いたがっているというクライアントについて調べています。名前を教えていただけますか?」

「そちらに権限がない限り、クライアントの名前は教えられないんです」パウエルは言った。

「おっと、賢くなってくださいよ」ビルは言った。「令状をとってきて、おたくのファイルを徹底的に調べてもいいんですか？」

「電話する間、ちょっと席をはずしていただけませんか？　クライアントに話を通しておきたいので」

ビルはいらいらしながら待っていた。確たる証拠がない限り、令状をとるのはまず無理だろう。

パウエルはオフィスから出てくると、ビルに紙片を渡した。

「彼の名前はボグダン・スタイコフです。今なら〈ジョージ〉にいますよ」

「国籍は？」

パウエルはにっこりした。「彼にたずねてください」

ビルが〈ジョージ〉に行くと、ミスター・スタイコフはテラスでコーヒーを飲んでいる、と言われた。

ビルが入り口で躊躇（ちゅうちょ）していると、銀髪の小柄な男性が立ち上がり手招きした。

「ミスター・パウエルから、あなたがわたしを捜していると聞きましてね」かすかな外国訛りがあった。目はビルと同じで切れ長だったが、北海のように灰色で冷たかった。薄手のクリーム色のスーツにブルーのシャツ、ストライプのシルクのネクタイ。肉のついた灰色の肌に小さな口と鼻がつき、耳が奇妙にとがっている。

「どうかおすわりください」彼は言った。「コーヒーは？」

「いえ、けっこうです。どうしてミセス・レーズンのコテージにご興味があるんですか？」

「何の話かな？　これまでたくさんの物件を見ているので」

「ミセス・レーズンのコテージはカースリーのライラック・レーンにあります」

「ああ、カースリーね。あれは気に入った。娘のために新しい家を探しているんだ。あれはいかにも英国風でよかった。それが警察とどういう関係が？」

ビルは彼に事情を話した。

スタイコフはきれいに爪の手入れがされた両手を困惑したように持ち上げた。

「知らなかった。新聞は読んでいないんだ。すでに引退した身なのでね。今は息子が事業を継いでいて、わたしは英国の生活を静かに楽しみたいと思っている」

「ご出身はどちらですか？」ビルはたずねた。

「もともとはブルガリアだが、イギリス女性と結婚したので二十年ほど前からこっちで暮らしている」

「どういったお仕事を？」

「アパレル関係だ。スエード、革といったたぐいのものだ。商売はもう息子に譲ったよ。〈カントリー・ファッション〉というブランドだ。工業団地に会社がある」

「おたくの工場を見せていただいてもいいですか？」

彼は肩をすくめた。「いいとも」。イギリス人はブルガリアという言葉を聞いただけで、マフィアを連想するようだな」


トニはビルが警察署から出てくるのを待ち、ビルがまず不動産業者を訪ね、それから〈ジョージ〉に行くのをつけた。またしても彼女は〈ジョージ〉に入っていった。レストランには一組のカップルしかいなかったが、テラスから人声が聞こえてきたので近づいていき、すばやくのぞくと、ビルが銀髪の男性と話していた。

トニはロビーにすわる場所を見つけ、チーズプラントの陰に隠れるようにして待った。ビルはまもなく現れた。十分後、彼が話しかけていた男が出てきた。トニは尾行したが、男は運転手つきのメルセデスで走り去ってしまった。車で来ればよかった、と後悔した。

フロントに近づいていった。記者のふりをしようかと思案していると、フロント係の方から声をかけてきた。「どういうご用件ですか、ミス・ギルモア？」

アガサが二人の写真を新聞やテレビに載せたがったことがうらめしかった。

「たった今出ていった紳士がどなたなのか、ちょっと知りたくて」

「ああ、ミスター・スタイコフですよ」

「映画業界の？」

「いえ、アパレル業界です」

フロント係は別の客の相手をするために背を向けた。トニは〈ミルセスター・マーキュリー〉のオフィスに行くことにした。そこでは学校時代の友人ジョン・ワージングが記者として働いているのだ。

ジョンは彼女に会えてうれしそうだった。ジョンはぺたんとした茶色の髪に眼鏡をかけた青年で、学校時代はひどいいじめを受けていた。タフで人気のあるトニが彼を守ってあげたのだ。

「ずいぶん久しぶりだね。きみのニュースがあると、決まって上司の記者が担当するんだ」彼は言った。

「ちょっとお願いがあるの」

「何でも言ってくれ」

「スタイコフって男が新聞社の資料にあるか調べてもらえない？」

「いいとも。なんかきどったしゃべり方になった？」

「きどってるんじゃない。個性がないだけ」トニは言った。「お願いだから急いでね」

「パソコンを立ち上げるまで待って」

「ブロードバンドだよね？」

「うん、ミルセスター・ブロードバンド」

トニは同情してにやっとした。ミルセスター・ブロードバンドの接続速度はグロスターシャーじゅうでいちばん遅い、という噂だった。

ようやく彼が勝ち誇った声をあげた。「あったぞ。去年引退したときに記事にした。工業団地でアパレルの会社をやっている。もともとはブルガリア出身。おもに革の輸入を手がけてきた。どん底からのしあがった男だ。イギリスに来たときは一文なしだったが、莫大な富を築いた」

「どうやってイギリス国籍をとったの？」

「イギリス女性と結婚したんだ。奥さんは四年前に亡くなった」

「死因は？」

「ちょっと待って」ジョンはキーをたたいた。「ああ、ここに出てる。階段から転落したんだ」

「え、マジ？」トニは興奮が湧き上がるのを感じた。「ねえ、検死審問の報告書は読める？」

「ええと。評決、事故死。妻はベロンベロンに酔っ払っていた、と監察医は言っている」

「そのアパレル会社の名前は？」トニはたずねた。

「〈カントリー・ファッション〉」

「どうもありがとう」

「トニ、ちょっと待って。そのうち夜、遊びに行かない？」

ジョンは訴えるような目でトニを見つめている。ふいに校庭の隅で泣いていた、かつてのジョンの姿が思い出された。

「今、すごく忙しいの」彼女は角が立たないように言ったが、ジョンの顔が暗くなったので、あわててつけ加えた。「ね、こうしない？　名刺をちょうだい。もしあたしが大きなネタをつかんだら、いちばん先にあんたに教えるよ」

「そりゃ、すごいや。だって、ここのみんなはすごい記事を担当しているけど、ぼくは落ちこぼれで、投書欄の編集をしているだけなんだよ」

外に出ると、トニはアガサに電話した。アガサはすぐに言った。

「今事務所にいるの。こっちに来て、詳しく話してちょうだい」


トニが報告を終えたとき、アガサの目は興奮で輝いていた。

「事件の陰にはギャングがいるにちがいないと思ってた。きっとマフィアね。その工場の中に入ってみたいわ」

「それは無理ですよ」トニは言った。「どっちみち、ビルがまず工場を調べると思います」

そのときパトリック・マリガンが入ってきた。アガサはトニが発見してきたことをざっと説明した。

長身で悲しげな顔をしていて、ミルセスターでいちばんピカピカの靴をはいたパトリックは、どこから見ても引退した警官だった。

アガサが話し終えると、彼は言った。「工業団地内にはカフェがあるんだ。まあ、テーブルを外に並べただけの小屋だけどな。おれがそこに行って、労働者の誰かに話を聞いてくるよ」

パトリックが出ていくと、トニは不安そうに言った。「殺人事件は調べないってことになってますよね。危険じゃないですか？」

「このブルガリア人が関わっているなら問題ない。わからない？　この殺人事件を解決しない限り、いつ危険な目に遭うかわからないのよ」


工業団地に行く前にパトリックは家に戻り、スーツとシャツとピカピカの靴を脱いだ。古いカジュアルな服を身につけ、傷だらけのボート用シューズをはき、野球帽をかぶる。

六月のよく晴れた日だった。運動が必要な気がして、自転車で工業団地まで行った。イギリス人はすばらしい夏に慣れていないので、暖かい気候は多くの人にとって不意打ちのようなものなのだ。男も女もコートやジャケットを腕に抱えて歩いていた。

パトリックは自転車で工業団地に入っていき、カフェの横に自転車を立てかけた。ランチをとっていなかったことを思い出し、ハンバーガーとフライドポテトと紅茶を注文した。カフェをやっている男女がポーランド語でしゃべっているのが聞こえた。グロスターシャーの至る所にポーランド人がいるようだ。ランチのピークは過ぎていた。パトリックは〈カントリー・ファッション〉の入り口がよく見える席を選んですわった。

そのとき、ビル・ウォンとアリス・ピータースンが〈カントリー・ファッション〉から出てきて覆面パトカーに乗りこむのが見えた。野球帽を深くかぶり、カフェの向かいでパトカーが速度を落としたときには顔をそむけた。すぐにパトカーは速度を上げて走り去ったので、パトリックはほっと息を吐いた。ハンバーガー、フライドポテト、お茶が運ばれてきた。お茶は熱くて淹れ立てだった。意外にもハンバーガーはおいしく、フライドポテトは冷凍ポテトではなく生のじゃがいもを揚げたものだった。

ふいに、ここにずっとすわって日光浴をのんびり楽しみ、探偵仕事なんて忘れたい、という気持ちが頭をもたげた。だが、引退したら何をするのだ？　趣味はひとつもなかった。フィルといっしょに引退して、ゴルフを始めるのもいいかもしれない。それでも、しぶしぶ仕事にとりかかり、工場をもっとじっくり観察することにした。

工場の方を眺めていると、一台のトラックが走ってきて工場の裏手に回った。パトリックは食事代を支払うと、自転車を押してトラックが行った方へ歩きだした。作業員がトラックの荷台から革を下ろしている。

「何をしてるんだ？」鋭い声がした。

振り向くと、制服を着た警備員が立ちはだかっていた。幸い、工業団地に入るときに企業リストをじっくり見ておいた。

「迷子になったみたいなんだ」パトリックは言った。「庭の池用のポンプがほしいんだけどね」

「なら〈アクアリア・プラス〉だろ。十一区画、あっちだ」警備員は教えた。パトリックは自転車にまたがって走り去った。

パトリックはマンションに住んでいたので庭はなかったが、常に用心深かったし、〈アクアリア・プラス〉まで行って、自転車を降りて店内に入っていった方がよさそうだという直感がした。いくつものポンプを品定めしながら、ちらっと窓の外をのぞくと、あの警備員が立っている。販売員としばらく話し込んでから次に顔を上げたときには、警備員の姿はなくなっていた。数分してから、申し訳なさそうに「妻と相談する必要がある」からと言って外に出た。

カフェまで戻ってくると、お茶とドーナッツを注文し、今回は工場に背中を向けてすわった。たぶん警備員は熱心すぎただけなのかもしれない。それでも、報告に値することだった。

その晩早く、チャールズ・フレイスは鍵束からアガサのコテージの鍵を見つけようとしていた。

大きな手がずしりと肩に置かれた。「何をやっているんだね？」スコットランド訛りの声がたずねた。チャールズは勢いよく振り向いた。警官が立っていてチャールズをにらみつけている。

「わたしはミセス・レーズンの友人なんだ」チャールズはぶっきらぼうに答えた。「いつもコテージに入るのに鍵を使っているんだが、盗まれたのを忘れてしまってね。きみはここで何をしているんだ？」

「おれはタロック巡査部長で、命令に従ってここを警備している。もうすぐ交替の警官がやって来る予定だ」

「彼女は何をやったんだ？」チャールズはドアベルを鳴らしながらたずねた。

アガサがドアを開けた。「大丈夫よ、巡査部長」彼女は警官に言った。「入って、チャールズ。タロック巡査部長、あなたもお茶をいかが？」

「いただきます。ありがたい。外はまだ暑くて」

「新しい鍵をくれてもよかったのに」チャールズが文句を言いながら、アガサの後からキッチンに入ってきた。

「家に帰ってきたときに、あなたが室内にいて驚かされるのにはもううんざりなの。

あの警官にお茶を淹れるまで待って。それから何があったのか話すから」

彼女はポットでお茶を淹れ、カップとミルクと砂糖とビスケットの皿といっしょにトレイに並べると、外に運んでいった。さらにキャンバスチェアも持っていき、くつろいでね、と伝えた。

戻ってくると、〈カントリー・ファッション〉が彼女のコテージに関心を抱いていることについてチャールズに説明した。

「というわけで、ビルが警官の見張りを置くことに決めたの」としめくくった。「工場の中にどうにかして入ってみたいんだけど」

「ジェームズはどうなんだ？　彼は忍びこむのが得意だろ」

「鍵をミセス・ブロクスビーに預けて、どこかに出かけたみたい。あの人ったら、行き先をわたしに教える気遣いもなかったのよ」

「トラベルライターなんだから、あちこち旅行するのは当然だよ、アギー」

「アギーって呼ばないで」

「ロイから連絡はあった？」

アガサはため息をついた。「電話で話そうとしたんだけど、『危険です。盗聴されてるかもしれない』って叫んで切っちゃうの」

「恐ろしい目に遭ったし、彼は少し臆病だからな。で、あなたは乱暴なブルガリア人の仕業だと考えているのかい？」

「パトリックの話だけでも、充分に怪しく思える。変装して工場に行って、雇ってもらおうかしら」

「まさか！　スタッフの大半はお針子だぞ。あそこのジャケットは一枚持っているよ。いいか、あの工場では羊毛とか革を扱っているんだ。ミシンは使えるのか？　いや、もちろん無理だ。その案は忘れるんだな」

「トニを送りこむわけにはいかない。危険すぎるから」

「このあいだサイモンと会ったよ。結婚式は明日だ。行くつもりだろう？」

アガサは顔を赤らめた。「除隊したのなら、こんなに気がとがめないんだけど。でも出席した方がよさそうね」

「あの二人は連絡をとりあってるのかな？」

「さあ、関係が終わったことを祈ってるわ。ただ彼女は失恋したようには見えないけどね」

「パトリックは警察から何か情報を聞きこんできたかい？」

「口をピタッと閉ざしているそうよ。ただし、パトリックが言うには、警察は何もつかんでいなくて、彼に報告するようなことがないからだって。ちょっと待って。外の巡査部長が何か知っているかもしれない。お茶のお代わりがほしいか訊いてくるわ」

まもなく、外からアガサの声がかすかに聞こえてきた。

「ちょっと、起きて！　見張りをすることになっているんでしょ」それから叫び声。

「チャールズ！」

チャールズは外に飛び出していった。タロックが椅子にぐったりもたれ、目を閉じている。チャールズは脈を探り、安堵の吐息をもらした。「死んではいない。何者かがお茶に何か入れたんだ。警察と救急車を呼ぼう」

「急いで！」アガサはあたりを見回した。「彼が薬を盛られたってことは、誰かが家に入ろうとしたってことよね。中に入って鍵をかけましょう」

「彼を直射日光の当たる場所に放置しておくわけにはいかない。傘をとってきてくれれば、わたしが差しかけている。きみが警察に電話してくれ。さあ、まぬけ面でぼうっと立ってないで、さっさと行動するんだ」

一時間後、ミセス・ブロクスビーが牧師館のドアを開けると、婦人会のメンバーたちが顔を揃えていた。ミセス・エイダ・ベンスンが代表として口火を切った。

「わたしたちがうかがったのは」と彼女は大声で言った。「アガサ・レーズンがこの村で起こしている騒ぎについて、苦情を申し立てるためです。わたしたちはみんな、静かな生活を求めてこちらに引っ越してきたのですよ」

「何があったんですか？」牧師の妻はたずねた。

「彼女のコテージの外で、警備していた警官が意識を失って倒れたんです。彼女はこの村に恐怖をもたらしています。立ち去るように提案するべきです」

「気の毒なミセス・レーズン！」ミセス・ブロクスビーは叫んだ。「すぐに彼女のところに行かなくては」

「で、引っ越すように言っていただけますね？」

ミセス・ブロクスビーは女性たちを押しのけると、肩越しに言った。

「これまでミセス・レーズンがすばらしい探偵の才能を発揮してこなかったら、この村は本当にぞっとする場所になっていたはずよ。道理をわきまえてちょうだい、ミセス・ベンスン」

「だったら婦人会を辞めます」ミセス・ベンスンが叫んだ。

角を曲がるミセス・ブロクスビーの声がかすかに聞こえてきた。

「よかった！」

アガサのコテージは蜂の巣をつついたような騒ぎになっていた。パトカーがライラック・レーンの入り口を封鎖し、白い防塵スーツ姿の係官が慎重に玄関ドアの指紋を採取している。一人の警官がミセス・レーズンと友人はパブに行った、とミセス・ブロクスビーに教えてくれた。

ミセス・ブロクスビーはアガサとチャールズがパブの庭にいるのを見つけた。アガサは煙草をスパスパやっている。村の店で買った一カートンのベンソン&ヘッジスが前に置かれていた。

チャールズが起きたことを説明した。彼が話し終えると、アガサは言った。

「わたしが第一容疑者になっているの。お茶を出したのはわたしだから。コテージの外には他に誰もいなかった。ミス・シムズが新しい紳士のお友だちからプレゼントされた、キャンキャン鳴くちっぽけな犬をライラック・レーンで散歩させていたの。彼女はタロックに、こんにちは、と声をかけて、畑とぶつかる道のはずれまで行き、そこで引き返してきたんだけど、タロックは眠っているのだと思ったそうよ。その間、路地に入ってくる人も出ていく人も見なかった、と証言している。というわけで、わたしはここにすわってジントニックを飲みながら、心を落ち着かせるために思い切り煙草を吸っているってわけ。これからチャールズと警察署に行って、供述をすることになっているんだけど、その前にまず、ひと息入れさせてほしいって言ったら、あの連中、何をしたと思う？　パスポートを没収したのよ。警察はわたしをどう扱ったらいいかわからなくなるたびに、パスポートを取り上げる。それを取り戻そうとするたびに、こっちは弁護士を雇わなくちゃならない」

「あなたが何か関係しているなんて思っていないはずよ。わたしがいっしょに行きましょうか？」

「ご親切にありがとう」アガサは言った。「でも、チャールズにも聴取したがっているから、二人でいっしょに苦難に耐えた方がよさそうよ」

ミセス・ブロクスビーは考えこみながら牧師館まで戻ってきた。彼女はパソコンの前にすわり、ビラの文面を打ちはじめた。そこにはこう書かれていた。

「今後、婦人会は牧師館では開きません。継続したいなら、別の場所を見つけてください。わたしは辞めさせていただきます。マーガレット・ブロクスビー」

この暑い日に、一軒一軒、郵便受けに手紙を入れて歩くつもりはないわ。これをお店に持っていって、掲示板に貼ろう。

ちょうど掲示板にビラを貼っていると、ミス・シムズがやって来た。

「あら、あなたがもう参加しないなら、あたしも辞めようかな」婦人会の書記を務める彼女は言った。ミス・シムズはいまだにカースリーの未婚の母という汚名をきせられている。だが、未婚は成長産業なのだから、それはまったくもって不当だ、とミセス・ブロクスビーは考えていた。

「もうレディなんて存在しない気がする、あたしの言いたいことわかるでしょ？」ミス・シムズが言った。「ミセス・ベンスンみたいな押しの強い移住者ばっかり。あの人たちは来たかと思うと去っていく。家の価格が高騰すると売却し、また新しい人がやって来る。理想の村を追い求めているから、婦人会に加入してケーキを食べながら愚痴をこぼす。あら、やだ、ごめんなさい」小さな犬がミセス・ブロクスビーの靴におしっこをしてしまったのだ。

「運がつくって言われてるから」ミセス・ブロクスビーは言った。商店の経営者ミセス・タッチェルがキッチンペーパーを差しだし、ミセス・ブロクスビーは足首と靴をふいた。「ライラック・レーンの近くには誰もいなかった、って確かなの？」

「神に誓って。ミセス・レーズンを助けるために誰かしら名前をあげたいけど、もう遅すぎる。彼女が困ったことになるなんて知らなかったの」

「彼女が巡査部長のお茶に薬を入れるなんて、警察が思うわけないわ」ミセス・ブロクスビーは言った。

「誰かが家に侵入して、お茶の葉の缶に何か入れたのかも」

「ミセス・レーズンはティーバッグを使ってるわ」

「じゃあ、錠やら何やらを交換した警備会社が怪しくない？」

「警察が徹底的に調べているはずよ」

「あらそうね。でも彼女はタフだから、警察に立ち向かうでしょ。じゃあ、婦人会はもう終わりなの？」

「わたしは卒業よ。それにしても、ずいぶん古くさい名前よね」

「アンクームでも、いまだに婦人会って呼んでるんじゃない？」

「いいえ。〈前進する女性のグループ〉って改名したわ」

「そろそろ、このチビを連れ帰った方がよさそうね」

「それ、チワワでしょ」ミセス・ブロクスビーは言った。

ミス・シムズはクスクス笑った。「え、本当に？　おかしいったらない。だって、紳士のお友だちはチワワって呼んでるのよ、あたしのおっ……」ミセス・ブロクスビーが鋭い視線を向けたので、ミス・シムズはあとの言葉を呑みこんだ。「えっと、もう帰らなくちゃ」

「今夜、泊まっていこうか？」チャールズがたずねた。

「ええ、ありがとう」アガサは答えた。二人は太陽の光が薄れかけた頃に、ようやく警察署から解放されたのだった。

「まず家に帰って、明日用の服を用意してくるよ」チャールズは言った。

「明日？」

「サイモンの結婚式だろ」

「最低最悪！　着ていくものを見つけなくちゃ」

「何か見つけたら事務所に行って、そこでわたしを待っていて。いっしょにあなたのコテージに行こう」

「ありがとう」涙が一筋、アガサの頰を伝った。

「おいおい、あなたらしくもない。いつも唇をきっと結んでいるアガサはどこに行ったんだ？」

「結んでいた唇がわななき震えると、悲しみがあふれちゃうのよ」アガサは言って、丸めたティッシュで涙をぬぐった。「どんな薬が、どうやってタロックに盛られたのか知りたいものね」

「鑑識は神の石臼(いしうす)と同じくらいのろいんだ。しばらく情報は入らないだろう」

アガサが事務所に行くと、掃除婦のドリス・シンプソンから電話があり、猫たちをドリスの自宅に連れ帰ってきた、と言われた。「白いスーツを着た連中が家じゅうにいるんです」ドリスは報告した。「だから、二匹が警官の大きなブーツで踏みつぶされかねなかったので」

アガサはお礼を言いながら、大切な猫たちのことをよくも忘れていたものだ、と自分を責めた。

二件の殺人事件を記録したファイルの山に目を通し、手がかりがないかと探しはじめた。フィオナ・リチャーズは、スタイコフと同じ時間帯に〈ジョージ〉にいた。二人のあいだにはつながりがあるのだろうか？

フィルはリチャーズの家を見張っているというメモを残していたが、身元がばれないように苦労していた。

ビーチの殺人事件を解決できれば、すべての説明がつくはずよ、と思った。あれはとびぬけて残虐な殺人だった。復讐？　憎悪？　警告？　そもそもスピード違反と駐車違反を見逃してもらうこと以外に、彼に利用価値があるのだろうか？

パトリックはミルセスターの〈リチャーズ・スーパーマーケット〉に入っていき、店内を見回した。ミルセスターの小さな商店をゆっくりと倒産に追いこみつつある巨大スーパーの典型だった。食品から鍋やフライパン、衣料品、テイクアウト料理まで、ありとあらゆる商品を扱っていたからだ。サイモンの結婚式に着る新しいシャツが必要なことを思い出し、衣料品コーナーに向かった。

「最安値で買えます！　こちらのレザージャケットをごらんください！」という宣伝広告が出ていた。

「そうなのかな」パトリックはつぶやき、ジャケットを一枚持ち上げ、ラベルを調べた。それは〈カントリー・ファッション〉ではなかった。ただ〈リチャーズ〉という小さなラベルがついていた。上等なレザーではなく、ビニールみたいに見えるレザーでできていて、ごわごわして硬かった。

〈リチャーズ・スーパーマーケット〉は、スタイコフの会社とつながりがあるのだろうか？

10

チャールズだけがサイモンの結婚式のためにわざわざ礼装をしてきたようだった。アガサはミルセスターでふさわしい服を見つけられなかったし、前の晩にコテージに戻ることを警察に許されなかったのでホテルに泊まった。そこで朝になって淡いブルーのパンツスーツを選んで着たが、教会に着いたときに、そのスーツが大嫌いだったことに気づいた。デザインはすてきだったが、淡いブルーはどうも自分には似合わない気がするのだ。

ロイも招待されていたが、おそらくまた誘拐されるのではないかと恐れたのだろう、お詫びとともに欠席の返事を寄越していた。ミセス・フリードマンは黒と赤の模様のシルクドレスに、シルクのポピーが飾られた大きな麦わら帽子をかぶって華やかだった。パトリックとフィルは上着がゆったりしたスーツ姿。トニは地味だった。冴えないダークグレーのシルクのドレスを着ていて、エドワード王朝時代の女性の半喪服みたいだった。ミセス・ブロクスビーも夫といっしょに参列していて、結婚式で何度も目にしている同じ服を着ていた。飾り気のない茶色のシフォンのドレスに茶色のシフォンのバラが飾られた大きな麦わら帽子。

暗黙の了解のように、事務所の全員が教会のいちばん後ろの席にすわった。トニのことが心配で、アガサは式が長引きませんように、と祈っていた。式後にはサイモンの伯父の家で披露宴が開かれることになっていたが、トニのために、全員がそちらは欠席することにしていた。

トニ本人は、どう感じているのか自分でもよくわからなかった。

サイモンの連隊の友人たちがたくさん教会にいるのを見て、彼がアフガニスタンに行ったのはまちがいなく自分のせいだ、とアガサはうしろめたかった。

教会はとても暑かった。地球温暖化についてさんざんこきおろしたことをアガサは後悔しはじめた。大聖堂のステンドグラスの窓から、まだら模様の光が射しこんでくる。オルガンが静かに演奏されていた。

チャールズがささやいた。「どうしたんだろう？　サイモンが来ていないぞ。新郎付添人はいるけど、サイモンの姿が見えない」人々は振り向いて、ドアの方を心配そうに窺(うかが)いはじめた。

アガサはいきなり恐怖を感じた。彼女はパトリックにささやいた。

「まさかロイみたいに誘拐されてないわよね？」

「たぶん、独身最後のパーティーのせいで寝過ごしているだけだろう」パトリックは安心させるように言った。

アガサは首を伸ばした。サイモンの新郎付添人らしき男が、軍の仲間たちにせっぱつまった様子で何か言っている。彼らは大聖堂を出ていった。

たちまち会話が交わされはじめ、人々の声が教会のアーチ形の天井に反響した。一人の女性が教会を出ていき、しばらくして戻ってくると興奮したように報告した。

「かわいそうなスーザンは結婚式用の車に乗って、ぐるぐる回っている。いったい花婿はどこなの？」

アガサが外に出てビルに電話しようとしたとき、サイモンの軍隊の仲間たちが教会に戻ってきて、神父のところに歩いていった。激した口調で意見が交わされたあげく、新郎付添人がみんなに知らせた。「申し訳ありません。結婚式は中止になりました」

人々は席から立ち上がり、ぞろぞろと聖堂の大きな両開きドアから外に出ていった。しかし、アガサはチャールズを従えて参列者たちをかき分け、新郎付添人に近づいていった。

「サイモンは見つかったの？」彼女は不安そうにたずねた。

「ええ。いました」新郎付添人はそっけなかった。「いろいろやることがあるので、これで失礼します」

よかった、少なくとも無事なのね、とアガサは胸をなでおろした。彼女はトニのところに戻っていった。

「サイモンの携帯番号はまだわかる？」

「ええ」

「彼に電話して、何があったのか訊いてもらえない？」

「たぶん出ませんよ」トニは言った。「はいはい、にらまないでください。かけてみます」

トニは教会を出ると、大きな墓石の陰に立って電話した。サイモンが出た。

「トニよ。どこにいるの？」

「自分の部屋に閉じこもっている。どうしても結婚式をあげられなかったんだ」

「なぜ？」

「ぼくの伯父は独身最後のパーティーに反対だったから、ゆうべ親戚だけでささやかなパーティーを開いたんだ。ぼくは赤ん坊の名前のことでスーに冗談を言い、あまりお酒を飲みすぎないようにね、と注意した。そうしたら、ウェディングドレスが入らないから堕胎したって言ったんだよ。いいかい、ぼくがプロポーズしたのは、彼女が妊娠したって言ったからなんだぞ」

「じゃあ、どうしてその場で即座に結婚を取りやめなかったの？」

「勇気がなかったんだ。すっかり手配がすんでいたし」

誰かがドアをドンドンたたいて叫んでいるのが聞こえた。

「そこからすぐに出てこい！」

「行かなくちゃ」サイモンは言って電話を切った。

トニは仲間のところに戻り、サイモンが言ったことを報告した。

「なんて弱虫なの！」アガサは叫んだ。

「あなたのせいでこんな羽目になったんです」トニがなじった。「余分な口をはさまなかったら、彼は軍隊に入らなかったんですから」

「それは言いがかりじゃないかな」チャールズが穏やかにたしなめた。「その流れだと、アガサがスーを妊娠させた、ということになりかねない」

「ごめんなさい」トニはぼそっと言った。

「さて、家に帰ってこの暑い服を脱ぐわ。あら、まあ。ジェームズが来た」

チャールズ同様、一分の隙もなく正装したジェームズが急いでやって来た。

「結婚式は終わったのかな?」

みんなが何が起きたかを急いで説明した。「最後の最後に堕胎の事実を告げるというのは、ちょっとずるいんじゃないかな」ジェームズは手厳しく言った。「サイモンは結婚を中止して幸運だった。おなかがすいたな。誰かランチに行かないか?」

来ないで、と伝えているアガサの鋭い視線に気づき、全員が言い訳を口にした。

「わたしは大丈夫よ。さ、行きましょう」アガサは陽気に言った。


イタリアンを食べながら、アガサはジェームズに事件のあらましを話した。

「すべてスタイコフの工場と関係があると思うの。工場内に忍びこめたらいいんだけど。パトリックの話だとかなり厳重に警備されているらしいわ。ねえ、その点も疑わしいでしょ」

「必ずしもそうとは限らない。大量の高価な革があるんだから」

「中に入って、自分の目で確認したい」

「アガサ! もう忍び込むのはうんざりだよ。でも、わたしたちにできそうなことといったら……」

「何なの？」アガサは「わたしたち」という言葉の響きが気に入った。

「不正な取引がおこなわれているなら、たぶん夜間だろう。真夜中過ぎに行けば、それを見られるかもしれない」

「ああ、ジェームズ、ありがとう。急にいなくなったので、事件に興味を失ったのかと思ってた」

「生活費を稼がなくちゃならないんだ」

「でも、働かなくても暮らしていけるだけの資産があるでしょ」

「まあね。でも、何もしていないと自分が無用の長物に感じられるし、旅行は楽しいよ。実は新しいことを始めるつもりでいる。ここの家を売ってスペインで新しい生活を始めたイギリス人国外居住者について、来月、ＢＢＣでドキュメンタリーを手がけるんだ」

「テレビのキャスターになればいいのに！　わたしが宣伝をしてあげる」

「いや、アガサ。わたしは静かな生活の方が好きなんだ」

アガサは彼をじっと見つめた。頭の中でいくつもの考えが渦巻いていた。リサーチ担当者、カメラクルー、メイクさん、ありとあらゆる人々と知り合うだろう。その中にはとてもきれいな女性がいるにちがいない。はっと我に返り、馬鹿なことを考えるな、と自分をいましめた。

「二週間ほど探偵事務所を閉めて、スタッフに休暇をあげようかと考えているの」アガサは言った。「みんなを危険な目に遭わせたくないから」

「いい考えだ。危険と言えば、サイモンがまたトニを追いかけなければいいが」

「ずいぶん不名誉なふるまいをしたものよね」

「そこまでは言えないんじゃないかな。前の晩にすべてをキャンセルするべきだったけどね、婚約者が妊娠していないと知った瞬間に。それでも、彼はまだとても若い。やり直しのチャンスをあげないと」

「彼は信頼できない人間だと思う」アガサは頑固に言い張った。「さ、今夜の計画を立てましょ」

「チャールズはどこなんだ？」

「家に帰ったわ。チャールズはそういう人なのよ。わたしの生活に出たり入ったりしていて、次にどこで会えるのかまったく予測がつかないの」


その晩、九時にトニの家のドアベルが鳴った。アガサがいいお給料を払ってくれていたので、トニはインターコムを取り付けていた。

「どなた？」彼女はたずねた。

「サイモンだ」

トニはちょっとためらってから、ブザーを押してロックを解除した。

そしてドアを開け、彼が階段を上がってくるのを見た。

「こんな騒ぎを引き起こして、よく出てこられたね」彼女は言った。

「もう言わないでくれ。嫌というほど責められているんだから」サイモンは部屋に入ってきて肘掛け椅子にぐったりすわりこんだ。風変わりな道化師に似た顔のせいで、捨てられた操り人形みたいに見えた。

トニはドアを閉めると、彼の向かいの肘掛け椅子にすわった。

「結婚したら、また子どもを持てたのに」

「実を言うと」彼はふさふさした髪を片手でゆっくりとかきあげた。「彼女に関心がなくなりかけていたんだ。軍隊ではしょっちゅうお酒を飲んだけど、ミルセスターに戻っても、彼女は浴びるように飲んでいた。酔っ払うと、すごく下品になるんだ」

「じゃあ、どうしてぎりぎりまでキャンセルしなかったの？」

「パニックになっちゃって。実は除隊したいと思っているんだ」

「そもそも、どうして軍隊に入ったの？」

トニは「きみのせいだ」という答えを聞くのではないかと恐れていた。

だがサイモンはため息をつき、そわそわとすわり直した。

「探偵の仕事が退屈に感じられていたから。女性の下で働くのも気に入らないし、アガサはとてもやさしいとは言えないからね」

「じゃあ、あたしのせいじゃないんだね？」

「お世辞が言えたらいいけど、そう、きみのせいじゃなかった。だけど、今はもう自由の身だし、またつきあうことはできるよ」

「もうたくさん。それに、哀れっぽいふりをするのはやめて。素直に認めなさいよ、サイモン！　たんに慰めてほしいだけなんでしょ」

彼はいきなりにやっと笑った。「きみはいつも頭の回転が速いな。ともあれ、伯父が精神科医の診察を受けるように手配してくれたよ」

「どうして？　スーのせいで？」

「いや、軍を辞めたいんだ。そう言ったら、同情した知り合いの精神科医が心的外傷後ストレス障害の診断書を書いてくれるって」

「だけど、軍の方でもあんたを診察したがるんじゃない？」

「その機会はないよ。その精神科医の経営する精神科病棟にすぐに入院する予定だから。もうアフガニスタンには戻りたくないんだ」

「すごく甘やかされてるよね」

「たしかに。だから、それをおおいに利用するつもりなんだ」

「もうそろそろ帰って。疲れているの。明日はやることがたくさんあるし」

サイモンは立ち上がった。トニにキスしようとしたが、彼女は顔をそむけ、歩いていきドアをさっと開けた。

彼の背中でドアを閉めると、トニはすわりこんで、やっぱりアガサの言うとおりだったんだろうか、と考えこんだ。


真夜中過ぎに寝静まったカースリーの村をアガサとジェームズは車で走り過ぎていった。

「この暑い気候が続けば、ホース使用禁止令が出るだろうな。きみの庭はどう?」ジェームズがたずねた。

「まあまあね」アガサは水やりを忘れて萎れかけている植物のことを考えながら、はぐらかした。

「工業団地よりもかなり手前に駐車して、歩いていった方がいいね」

「周囲には隠れるところがどこにもないわよ」

「たしか裏手にちっぽけな林がある。記憶している限りでは、すべての区画にフェンスがあるわけじゃなかった。夕食後、早めに調べておいたんだ」

二人は無言のまま車を進めた。「ああ、見て」工業団地に近づくと、ジェームズが言った。「西に雲が湧いてきている」

「ロイが誘拐された夜みたいに、また嵐が来ないといいけど」アガサは言ったものの、頭の隅ではこう考えていた。ジェームズがテレビキャスターとして成功したらどうしよう？　有名になったら、美しい女性たちが彼に群がるにちがいない。あの頭の空っぽな女と結婚しかけたこともあった。だけど、いまさら、それが問題？　かつて彼に対して抱いていた執着がまたもや息を吹き返すのを感じた。彼女の生まれつきの競争意識のせいだ。だが、その執着によってこうむった痛みと嫉妬と底なしのみじめさを思い出すと、ううっと嗚咽の声がもれた。

ジェームズはいきなり停車した。「大丈夫かい？　切断された頭やいくつもの殺人事件に遭遇したら、どんなに強い人間だって動揺するよ」

「何でもない」アガサはきっぱりと言った。「進んで」

ジェームズは工業団地の裏手に通じる未舗装の小道を進んでいった。ヘッドライトを消して、中に入ってすぐ駐車した。

この場所は第二次世界大戦中、ポーランド人避難民のための収容所になっていた。ポーランド人が専用の商店や映画館まで持っていたのだ。年寄りはその時代を覚えていた。現在、商売の大半は昔のプレハブ小屋でおこなわれていたが、〈カントリー・ファッション〉は四角いレンガ造りの大きな建物だった。横手にスタッフ用出入り口、裏には荷物積み下ろし場を備えていた。

「あそこに芝生と土の山が見えるよね？」ジェームズがささやいた。「あの後ろに寝そべれば、積み下ろし場がよく見える」

「曇ってきた」アガサがささやき返す。

「暗視双眼鏡をふたつ持ってきたんだ」ジェームズは旅行用バッグを開け、ひとつをアガサに渡した。「さて、待つか」

夜はのろのろと過ぎていった。雲が月を隠し、それからポツポツと雨が降りはじめた。「もうあきらめましょう」アガサがうめいた。

「声を低くして。何か近づいてくる音が聞こえる。警備員が来たぞ」

車両が近づいてくる音がした。警備員は積み下ろし場のゲートを開いた。建物からがっちりした男が現れた。「こんばんは、ミスター・スタイコフ」警備員は挨拶した。

「あれが息子ね」アガサはささやいた。「息子が事業を引き継いでいるのよ」

トラックが停止した。後部扉が開き、二人の男が飛び降りた。運転手と助手席にいたもう一人も降りてきた。

彼らは荷台から巻いた革を下ろしはじめ、建物に運んでいった。そのときスタイコフがはっきりと言うのが聞こえた。「書類をオフィスに持っていってくれ。おれがサインする。もう寝たいよ。今日の午後に着くはずだったのに」

「フランス人がいけねえんだ」一人が弁解した。「カレー港でストライキさ。何時間も待たされちまった」

アガサはがっくりした。荷物は真っ昼間に届く予定だったのだ。スタイコフは中で書類にサインしている。

彼女は立ち上がろうとしたが、ジェームズが引っ張った。雨がさらに激しくなってきた。

「見られるわけにはいかない。みんながいなくなるまで待とう」

アガサにとって、それは何年にも感じられた。濡れそぼった髪が頭に張りつき、服の下まで雨が浸みとおった。

さんざん待っていると、ようやくトラックが走り去り、ゲートが閉められ、そろそろ移動できそうだとジェームズが言った。

車内で、彼はヒーターをつけた。「ひどい目に遭ったわ」アガサは嘆いた。

「庭は喜んでいるだろう」

「わたしは植物じゃない！」


大切なビジネスを危険にさらしていると承知していたが、アガサは翌朝、集まったスタッフたちに二週間、事務所を閉めると告げた。あまりにも長く脅威にさらされてきたから、休暇をとるのはみんなのためになるだろう、と言った。

休暇の計画を立てる時間がない、と少し文句が出たが、たしかに全員がひそかにほっとしていた。アガサがあの切断された頭部を送りつけられ、ロイが誘拐されてから、みんな不安だったのだ。

「どこに行くんですか？」トニはアガサにたずねた。

「わからない。ぶらぶらして、ミセス・ブロクスビーとお茶して、村の仕事でもしようかな」

「あなたらしくないですね」フィルが言った。

「実は事件全体に嫌気がさしているの。事件ときっぱり距離を置いたら、何かいい考えが浮かぶかもしれない」

「未処理の仕事がたくさんありますよ」ミセス・フリードマンが指摘した。

「どれも待たせておける。それに、ひどい離婚案件ぐらいしかないでしょ。もしも行方不明の子どもの案件が入っているなら、話は別だけど」

トニはパソコンのところに行き、急にとれた休暇のためにウェブサイトを調べた。ぎりぎりだろうがそうでなかろうが、どのツアーも値段が高かった。旅行会社に行ってみることにした。通りに出ると、ゆうべの雨の後で太陽に熱せられ、舗道から湯気が立ち上っている。まるで熱帯ね、とトニは思った。通りの角の小さな旅行会社に行き、ドアを押し開けて中に入っていった。

「ハイ、トニ」聞き覚えのある声が彼女を出迎えた。

チェルシー・フリッターだ。最後に会ったときは探偵事務所の〈ミクスデン〉の受付をしていた。「ここで何をしてるの?」トニはたずねた。

「ここの方があそこよりも条件がいいから。格安で旅行できるんだ。今度ラスベガスに行くんだよ」

「へえ、ついてるじゃん!」トニは叫んだ。「ずっと前からルーレットをしたいと思ってたんだ、一度でいいから」

「なら、やりなよ!」チェルシーははしゃいで言った。「あたしは今夜発つの。サマーフライトっていう旅行会社でさ、自家用飛行機を持ってるんだよ。ガトウィックから出発する。たった四日だけどね。いっしょの部屋に泊まればいいじゃん。あんたの負担はチケット代だけ。今すぐ予約してあげる。二人の方が楽しいよ。ね、行こうよ、トニ。億万長者二人組に出会うかもしれないよ」

「うん、いっしょに行く」トニは言った。

「やった！」

最初のうちフライトは不愉快だった。コンピューターのおかしな座席指定のせいで乗客が前方の座席だけに詰めこまれたのだ。食べ物も飲み物も買わねばならなかったし、トイレを使うのすら、一ポンドをスロットに入れなくてはならなかった。幸い、飛行機は半分しか席が埋まっていなかったので、別の座席を見つけて体を伸ばすことができた。

ホテルは〈オールド・プレイリー・ランチ〉という名前で、空港近くのラスベガス郊外にあった。建物はプラスチック製のログキャビンという感じで、くたびれた外見だった。二人の部屋はほこりっぽい戸外の通路に面していて、シャワーにはゴキブリがいた。トニは来なければよかった、と思いはじめたが、チェルシーは滅入った様子は一ミリも見せなかった。

「ねえ、実はさ、あんたにずっとあこがれていたんだ、トニ」彼女は言った。「あたしがちょっとメイクを控えめにして髪をおろしたら、姉妹に見えないかな」

トニは疲れていたので、町に繰り出す前に少し睡眠をとろう、と提案した。

二人はルームサービスでハンバーガーとコークを注文し、食べるとすぐにぐっすり眠りこんだ。

トニはチェルシーに揺すぶられて目を覚ました。

「起きて。そろそろ町に行く時間だよ」

〈リオ・ホテル&カジノ〉の前でタクシーから降ろされると、たしかにラスベガスは刺激的だった。わくわくするようなざわめきが感じられ、町全体が点滅するネオンの光のシンフォニーに思えた。

トニはシンプルな黒のシースドレスを着て、襟元にパールをつけていた。チェルシーも黒いドレスでメイクも少し控えめにしていた。カジノに入っていったとき、トニは少しおしゃれしすぎたかもしれないと思った。年配の男女がスロットマシンにとりついていたが、目をぎらつかせながらレバーを引いている。

「ルーレットがしたいな」トニは言った。

だがチェルシーはスロットマシンの客が全員老人ではないことに気づいた。カウボーイハットの青年が帽子のつばを上げて、彼女にウィンクした。

「あんたはルーレットをやってきたら」チェルシーは言った。「あたしはここで運試しをする」

「はぐれたらどうするの?」トニは心配した。

「ここでもつながる携帯を持ってるよ。あんたは?」

「うん、それならある」

「よかった、お互いにメールできるね」

自分の若さを意識しながら、わずかな額のルーレットチップを買い、トニはルーレットテーブルに近づいていった。撮影の許可が必要なのかどうかわからなかったが、それでも訪問を記録しておきたかった。アガサにライターの形をしたスパイカメラをプレゼントしてもらったので、トニはクラッチバッグの中にそれを入れてきた。彼女は煙草のパックと並べてスパイカメラを置いた。誰も煙草を吸っていないようだ。禁煙なのだろうか? ま、いいや、あたしが煙草に火をつけようとしたら、誰かに止められるだろう。すばやくルーレットテーブルの周囲の人たちの写真を撮った。それからテーブルに彼女が割り込めそうな隙間を見つけた。

十三に五十ドルを置くと、驚いたことに勝った。次に五十ドルを七に置くと、またもや勝った。

「二度あることは三度あるよ」隣の女性が興奮して話しかけてきた。トニはゲームを続け、何度か負け、何度か勝った。やがて常識が顔を出し、このあたりでやめることにした。

「幸運はめったに続かないから」チップを集めながらトニは言った。チップを換金すると、二千ドル近く儲けていた。チェルシーを捜しに行くと、熱心にスロットマシンにとりついていた。「けっこう儲かった」トニは言った。「何か食べに行こうよ」

「後にして」チェルシーはささやいた。「連絡するから」

トニは軽食を出しているカフェを見つけて、食事をした。数人が煙草を吸っていた。カフェにはカジノのメインフロアを見晴らすバルコニーがあった。

さらに何枚か写真を撮ってから、チェルシーを残してきたスロットマシンの方を眺めた。トニはカメラをしまって、彼女に電話した。呼び出し音が中断し、留守番電話に切り替わった。入り口で待っているとメールした。それから何列も並ぶスロットマシンの間を捜したが、チェルシーの姿はなかった。

トニは不安だったので警備員の隣に立ち、友人と待ち合わせていると伝えて入り口で待つことにした。

だんだん心配になってきた。チェルシーが誰かと出会ったのなら、きっと電話かメールをくれるはずだ。彼女の電話はアメリカでは使えなかったのかもしれない。

とうとう同情した警備員が監視室に連れていってくれるように係員に頼んでくれた。そこにはカジノのありとあらゆる場所を撮影しているカメラがずらっと並んでいた。トニはチェルシーと別れてからどのぐらいの時間がたっているか計算しようとした。たぶん一時間以上だ。その時刻あたりのスロットマシン付近の映像を祈るような気持ちで見つめた。

映像が再生されていく。そのときトニは叫んだ。「止めて！　彼女よ！」チェルシーがスロットマシンのハンドルを引っ張っているのがはっきりと見えた。画像を先送りした。チェルシーは立ち上がった。誰かと話している。少し驚き、次に心配そうな顔になった。彼女は何か言い、携帯を取り出した。それから首を振った。相手は何かを言った。チェルシーはぎくりとしたようだった。新しい相手といっしょに、彼女は入り口の方に向かった。助けを求めようとするように、あちこち見回している。二人はカジノを出て姿を消した。

「カメラは外にもあるんですか？」トニはたずねた。オペレーターは外のカメラに切り替えた。チェルシーがレクサスの運転席に押しこまれ、それから助手席の方に押しやられた。車は発進した。

「その男の明瞭な写真はないの？」トニは叫んだ。

「野球帽を目深にかぶっている。誰だかわからないよ」

当初、警察は、ナンパした男と出かけただけで、友人はすぐに戻ってくるだろう、という意見だった。「そういう子じゃないんです」トニは叫んだ。「まあ、可能性はゼロじゃないですけど、だったら、あたしにそう伝えたはずです。いいですか、彼女は怯えていたんですよ」

「車のナンバーはわかってる」部長刑事がうんざりしたように言った。「ホテルに戻って、彼女を待っていてくれ」

そこでトニはホテルに戻った。部屋に戻ると、アガサに電話した。「そのチェルシーって誰なの？」アガサはたずねた。

「ただの学校時代の知り合いです」トニは言った。「出発直前にいっしょに行くことにしたんです」

「彼女の外見は？」

「ええとブロンドでスリムで——実を言うと、ちょっとあたしに似てます。姉妹みたいね、って彼女は言ってました」

「あなたのホテルの電話番号を教えて。これからすぐに警察に行く。カジノの男の写真がほしいわ。そのあとで、そっちに飛んで合流する。ホテルはどんなところ？」

「ひどいです。〈オールド・プレイリー・ランチ〉ってところです」

「彼女が現れるといけないから、そこにじっとしていて」

トニはTシャツとジーンズに着替え、ゴツゴツしたベッドに横たわって待った。ラスベガス警察がまた連絡をとってくるかと思ったが、男といなくなった少女の事件は優先順位が低いようだった。

いつのまにか眠りこんでいて、朝遅くに目覚めた。フロント係にラスベガス警察署に電話してくれと頼み、不安になりながら待った。次から次に電話が回された。ようやくチェルシーの行方不明について知っている警官につながると、友人はたぶん一夜限りの関係のためにいなくなったんだろうから、じきに戻ってくる、もっとのんびり待っていたら、と勧められた。まあ、短気にならずに、とトニが言われていたとき、誰かが何かを伝えた。「そのまま待っていてくれ」彼は怒鳴った。電話口に戻ってきたときはがらりと口調が変わっていた。「刑事二人で、これから話をしに行く」

とうとう、動いてくれるのね、とトニはほっとした。階下のロビーで待った。外の道をラスベガスに向かう車が走り過ぎていく。熱気がゆらゆらしていた。

そのとき黒い車が停まり、二人の男が降りてきた。「ミス・ギルモア？」トニが外に出ていくと、彼らはたずねた。

「身分証を拝見できますか？」トニはたずねた。

トニはバッジをじっくり見て、「中に入りましょう」と言った。

片方の刑事はとてもやせていて、もう片方は太っていた。やせた刑事はワイト・バーゲンで、もう片方はパリー・ヘイヤーだった。刑事たちはイギリスの警察から電話があり、チェルシーがトニとまちがえて誘拐された可能性がある、と説明した。砂漠で捜索がおこなわれていて、チェルシーを捜しているところだ、と。

彼らは有能で礼儀正しかった。トニは耳を傾けてくれる刑事に、殺人事件とロイの誘拐とアガサについて、最初から語ることができて安堵を覚えた。

ちょうど話し終えたときにタクシーがホテルの外に停まった。

「最低最悪！」聞き慣れた怒鳴り声がした。「このガタのきた車はこれしかスピードが出ないの？」

「いいから口を閉じて支払いをしてくれ」

「ボスです」トニは言うと、アガサのところに走っていった。アガサが文句をつけている姿を目にして、これほどうれしかったことはなかった。

アガサは運転手に支払いをしてから、つけ加えた。「まったく図々しい人ね、かなり遠回りしたでしょ、チップはなし」

「刑事が二人来ているんです」運転手が指を立てて走り去ると、トニはアガサに伝えた。「ずいぶん早かったですね」

「最初の飛行機に飛び乗ったの。こっちは時差でイギリスよりも遅れているのよ」

トニはアガサのバッグを持った。アガサはクマみたいな目でホテルを見回した。

「刑事に会ったら、このノミの巣窟を出るわよ」

「だけどチェルシーはここに戻ってくれれば、あたしに会えるって期待しているんじゃないかな」

「彼女には手紙を残していく。カジノの入っているホテルを予約しましょう」

アガサは刑事に紹介された。

「あなたのアシスタントがすべて説明してくれました」パリーが言った。

「カジノからチェルシーが連れ去られた防犯ビデオから写真をプリントできますか？」アガサはたずねた。

「すでに何枚か作成しています。本署にお連れするのでそこで見てください。誰か知っている顔があると思いますか？」

「もしかしたら。急いで荷物をまとめて、トニ。支払いをする必要はあるの？」

「少額のルームサービスだけです。残りはツアー代に含まれているので」

「それはわたしが払っておく。荷物をとってきて」

まもなく彼らはサンライズ・アヴェニューにあるラスベガス警察署に向かっていた。アガサとトニは写真を調べた。男はどこにカメラがあるのか知っているようだった。というのも、ずっとうつむき、野球帽の長いひさしが目元を隠していたからだ。映像がとても鮮明だったにもかかわらず、彼の口元と、チノパンツと野球用シューズと薄手のジャケットをはおっていることしかわからなかった。

「一枚いただいてもいいですか？」アガサがたずねた。

「もちろん」パリーが言った。「すでに何枚も、ええと、マーチェスターだったかな、そこの警察署にメールで送ってあります」

「ミルセスターです」

「そこだ。レクサスは乗り捨てられていました。盗難車だった。何かわかったらすぐに電話します。〈リオ・ホテル〉に滞在する予定ですか？」

「ええ」アガサは言った。

「楽しい滞在を」

「んなわけないのにね」アガサはホテルに向かうタクシーの後部座席でぶつぶつ言った。

「アガサ」トニがいきなり言いだした。「刑事たちには言わなかったんですけど、あたし、カジノで写真を撮ったんです。合法かどうかわからなかったから黙ってました」

「わたしがあげたスパイカメラで？」

「ええ」

「そのことは秘密にしておいて。家に帰ったら写真を見てみましょう」

二人はツインルームにチェックインし、ルームサービスで食事を注文してから、警察からの連絡を待った。

いつのまにかアガサは時差ぼけでぐっすり眠りこみ、一時間後、電話が鳴ったので飛び起きた。

トニが受話器をとった。アガサは彼女の声を聞いた。「なんですって?……どこで?……無事なんですか?……すぐにそっちに行きます」

受話器を置くと、トニの顔は安堵で輝いていた。

「ヘリコプターがデスバレーあたりをよろよろ歩いているチェルシーを発見して、救助したんですって。ルーザラン病院にいます。行きましょう」


チェルシーは熱気と日焼けにやられて消耗していることがわかった。アガサとトニは警察が聴取を終えるまで待たねばならなかった。ようやく二人は面会を許された。

チェルシーはひどい日焼けをした顔で、怒りに燃えた目をトニに向けた。

「全部あんたのせいよ」と怒鳴った。

「いったい……」トニは言いかけた。

「あいつはあたしをあんたとまちがえたの、わかる? 脇腹に銃を突きつけられて連れていかれた。そして男は言った。『自業自得だよ、トニ・ギルモア』って。あたしはトニじゃないし、パスポートがバッグに入っている、って叫んだ。彼は車を停め、バッグを寄越せって言い、パスポートを見つけると、ぞっとするようなことをわめきはじめた。それからこう言った。『出ろ、馬鹿女』あたしは車から降りて、できるだけ道路から離れた。そしてさまよい歩いたのよ。はるか遠くの道路には車のライトが見えたけど、また彼に捕まるかもって怖くて戻れなかった。それからヘリコプターに救助された。ひとつ言わせて、トニ。二度とあんたの顔は見たくない。あんたは好きなだけ悪人を追いかけてればいい。だけど、あたしを巻きこまないで。警告すらしてくれなかったんだね」

「どうしてトニが警告できたの？」アガサが反論した。「ここで危険に遭遇するなんて知らなかった。知るわけないでしょ？」

「でも、知ってたはずだよ。もう帰って、二人とも」チェルシーは顔をぷいとそむけた。

その訪問後、チェルシーは二人に会おうとしなかった。彼女のバッグは発見され、そのかたわらにパスポートもころがっていた。チェルシーは二日後に帰国する予定だ、とパリーはアガサとトニに教えてくれた。

「その男について、役に立つ供述をしましたか？」アガサはたずねた。「外国訛りはあった？」

「彼女が言うには、うなるような声で、外国人だと思ったということです。酒臭かったとも言っていました。彼女が知っているのはそれだけです」彼はトニに話しかけた。

「ミス・ギルモア、ここに来るのを決めたのは本当に出発ぎりぎりだったんですか？」

「そうです。急にアガサが二週間事務所を閉めることにしたんです。誰かに襲われるかもしれない、とみんな不安だったので。たまたまチェルシーに会ったら、いっしょに行こうって誘われて。あたし、もう家に帰りたいです」

「わたしも」アガサは言った。「めそめそ言っているチェルシーには好きにさせておけばいいわ」

「少し手厳しすぎますよ、マダム。彼女はまだ年若い女の子で、怖い目に遭ったばかりなんですから」

「だけど、彼女はわたしたちに会おうとしないし、手助けも拒んでいるんだから、こっちは何もできないのよ」アガサは怒鳴った。

パリーはうんざりしたようにアガサを見た。この意地悪ばあさんめ、と思った。ただ、声に出してはこう言った。「どの便に乗るのか教えてください」

「残って彼女の世話をするべきですよ」トニが抗議した。

「連中が追っているのはあなたよ、彼女じゃなくて。はいはい、わかったわよ。もう一度だけ、病院に行ってみましょ」

「あたしが行きます」トニがあわてて言った。「あなたがいなければ、あたしに打ち明けるかもしれない」

「あいつがどうやって彼女を連れだしたのか、訊いてみて」

「銃を持ってたんですよ」

「カジノでは銃を抜けなかったはず。何か言ったにちがいないわ」

トニは病院の近くに医療品店があるのを見つけた。白衣と聴診器を買った。隣の観光客向けの店では「アイ・ラブ・ラスベガス」というカードが入った四角いＩＤカード入れを買った。

病院に入るとトイレに行き、個室にこもり、白衣を着て聴診器を首にぶらさげた。それからポケットに入れていたネイル用ハサミでＩＤカード入れをこじ開けた。幸い、裏側は白紙だった。「ドクター・フィンリー」と黒いインクできれいに書いた。これでうまくいくはず。バッグはホテルに残し、ズボンのポケットにお金とハサミだけを入れてきたので、バッグを隠す場所を見つけなくてもすんだ。

病院の廊下を歩いていく。チェルシーの病室の外で警備している警官の前をきびきびと通り過ぎながら、いかにも医者らしくうなずきかけた。

チェルシーは悲鳴をあげようとしたが、トニが急いで言った。「叫んだら、バーミンガム出身のセールスマンといちゃついたことをママに話すよ」

「まさか！」

「本気だよ」

「な、何が望みなの？」チェルシーはたずねた。

「あんたを誘拐した男についてもっと詳しく話して。カジノには銃やナイフを持ち込めなかったはず。どうして彼といっしょに出ていったの？」

「自分は刑事で、外でちょっと話をしたい、って言ってきたの」

「警察のバッジを持ってた？」

「ううん。身分証みたいなものだけ」

「それをじっくり見た？」

「見ないよ、男の後をついていっただけだから。車に乗りこむと、銃を取り出して、ずっとあたしに銃を突きつけながら片手で運転していった。で、こう言ったんだ。『おまえを永遠に黙らせるつもりだ、トニ・ギルモア。どうしておれがラスベガスにいるってわかったんだ？　誰から聞いた？』

あたしは泣きだして、ツアーで来たんだと言った。それにあたしはトニ・ギルモアじゃないって。で、信じられないなら、バッグに入ってるパスポートを見て、と言った。そうしたら、いきなり砂漠で車を停めると、バッグを寄越せって命令した。バッグを開けてあたしのパスポートを見るなり、ぞっとすることを口走ると、窓からバッグを捨てて、車を降りろって言った。あたしは必死に逃げた。砂漠の真ん中へ。明日、帰るつもりだよ。イギリス領事が手配してくれたから。だから、とっとと失せて、トニ。もう二度とあたしに近づかないで」

「あとひとつだけ。警察に身分証のことは話した？」

「後になるまで思い出さなかった」

「アメリカの警察はバッジを持ってるの。イギリスの警察だけが身分証を持ってる。そのこと、思いつかなかった？」

「うるさい」チェルシーがわめいた。

トニがチェルシーの話を伝えると、アガサは目をぎらつかせた。「荷物をまとめて。今日、帰るわよ」

「だけど、チェルシーのことは？」

「犯人が誰だか知らないけど、あなたを狙ってるのよ、彼女じゃなくて。彼女は大丈夫よ」

アガサとトニはガトウィック空港で車を回収できるものと期待していた。しかし、二人は空港の別室に連れていかれ、二人の私服刑事にさんざん絞られた。どうやらラスベガス警察は捜査途中でいきなり二人がいなくなったことで腹を立てたらしい。二人はまたもや同じ話を繰り返す羽目になった。

ようやく解放されたが、ミルセスター警察が後で訪ねていく、と伝えられた。

「せめてもの救いは、パスポートを没収されなかったことね」アガサは不機嫌だった。

「いっしょにカースリーに来る?」

「いえ、自分の家に帰ります。疲れているので」

11

連隊の仲間たちはサイモンが除隊するので喜んでいるようだった。スー・クリスピン軍曹は人気があったので、サイモンが非道なふるまいをしたと、みんな腹を立てていたのだ。

何度かまたトニに会おうとしたが、いつも忙しい、と断られた。アガサにまで以前の仕事に戻りたいと頼んでみたが、これ以上スタッフを雇う余裕はない、ときっぱりと言われた。

サイモンは権威をふりかざす人間が大嫌いだった。そういう連中のせいで短い軍隊生活において何度もやっかいな目に遭わされたものだ。イギリスではアガサ・レーズンが権威のある人物の代表だったので、サイモンはアガサのライバル会社〈ミクスデン〉に応募することに決めた。

ミスター・ミクスデンはトニに伝えたのと同じ条件を提示した。

サイモンは一瞬しか迷わなかった。「わかりました。ただし、何かすごい情報をつかんだら、ボーナスを払ってもらいたいです」

「では、きみがどのぐらい優秀か見せてもらおう」ミクスデンは言った。「一ヵ月の試用期間を設ける。覚えておいてもらいたいが、例の殺人事件を解決しても、誰も支払いはしてくれない。ただし、宣伝は歓迎だ」

サイモンはアガサの事務所で何を探っているのか調べてみることにした。無職のふりをして、できるだけトニと親しくして聞きだそう。


そのときトニとアガサはスパイカメラで撮影した写真と、ラスベガス警察でもらった写真を調べているところだった。二人はそれを事務所のパソコン画面に映しだした。

パトリックとフィルも肩越しにのぞいた。「やつは狡猾だな」パトリックが言った。

「頭をうつむけている様子を見ろよ。カメラの位置を正確に知っていたんだ」

アガサは椅子にもたれた。「これはすべて偶然の一致なのかしら」と考えこんだ。

「たとえば、このあたりに住むある男がギャンブルにのめりこんでいたとする。彼はトニらしき女性を見かけ、ばれたと思う。ほら、チェルシーを見て。彼女はいつもとちがって、トニそっくりに見える。この男はトニがカジノに入ってくるのを見る。それから姿を見失う。そのとき、トニがピンボールマシンで遊んでいるのを見つける」

「そういう状況だったとしたら」とパトリックが言った。「ビーチ同様、金が好きな誰かだろう。そしてギャンブル依存症になっているなら、そのためには何だってするだろうな」

トニの携帯が鳴った。サイモンからだった。「すごい冒険をしてきたみたいだね。今夜会わないか？」

「ちょっと忙しいの」

「ねえ、トニ、会ってくれたら本当に感謝するよ。みんなにつまはじきにされているんだ」

「じゃ、一杯だけね。〈ドラゴン〉で八時に」

チャールズ・フレイスはアガサのコテージを訪ねてきた。ラスベガスで大騒動になった後なので、仕事を休んでいると思ったのだ。ジェームズはまた旅行に出かけるときに、チャールズにゲーリー・ビーチの帳簿にあったメモのコピーを残していった。チャールズは〈レッド・ライオン〉まで歩いて行き、一杯やりながらメモを検討することにした。

ラガー半パイントを注文し、窓辺のテーブルにすわった。メモをじっくり見たが、まったく意味をなさなかった。

「何千ポンドも消えたんだ。保険会社とやっかいなことになりそうだ」という声が聞こえた。

チャールズは視線を向けた。村の外に最近農場を買ったエトリックという農場主だった。話している相手は言った。「収穫脱穀機を丸ごと盗んでいったのか?」

「ああ、そっくりね」エトリックは嘆いた。「保険会社に電話したが、畑に出しっぱなしにしたのが悪い、と文句をつけてばかりなんだ。最近、農機具の泥棒が頻繁に起こっているんだと」

チャールズはメモに視線を戻した。もしや「c.h.」は収穫脱穀機(combine hervester)のことでは? ビーチはどこに行き、何を盗めばいいのかギャングに伝えていたのでは?

「収穫脱穀機を盗みたいやつなんて、いるのかな?」エトリックの相手がたずねた。

「夜にやって来て機械をトラックに積んで、東ヨーロッパのどこかに運んでいくらしい。ブロードウェイの方のカーター農場でも、去年、やられたらしいぞ。殺されたビーチに、自分が悪いって言われたんだとさ。夜は鍵をかけてしまっておくべきだったって」

チャールズはビールを飲み終え、外に出るとアガサに電話した。彼が話し終えると、アガサは興奮した声で言った。「ビーチはギャングのためにスパイしていたにちがいない。押し込みやすそうな家と、高価な農機具の置き場所を教えていたのよ。となると」とアガサはゆっくりと言った。「もう一人、悪徳警官がいるってことよ。チェルシーを誘拐した男は身分証を見せたの。ビルに話しに行った方がいいわね」

ビルもウィルクスも途方もない思いつきだ、ととりあってくれなかったので、アガサはがっかりした。それでもアガサが粘ったので、二人は調べてみると約束した。だが、アガサが帰ってしまうと、ビルは言った。「警官たちのうち、誰か金遣いが荒い者がいないか調べてみても損はないですね。農機具もたくさん盗まれているし、高級車もそうだ。これまで、この殺人事件に人員を投入してきましたが、そろそろ盗難のファイルをじっくり調べて、別の視点で見てもいいかもしれない」

悲しいことに、町と農村のあいだには差別があった。周囲を畑に囲まれているミルセスターのような町ですら、狂牛病から牛の結核にいたるまでさまざまな伝染病に襲われても、農場主は金持ちだとみなされていた。したがってトラクターや収穫脱穀機がなくなっても、警察はさほど熱心に調べようとはしなかった。過去の盗難事件の応援に狩り出されたビルは、「どうせ保険がかけてあるから」という皮肉っぽい言葉をしばしば耳にしたものだ。そういう言葉を口にするのは、保険料が天文学的数字になることや、最近の政府の四駆への重税がさらに負担になっていることを知らない連中だった。ウィルクスは〈カントリー・ファッション〉の捜索令状を手に入れ、間接税務局に、イギリスを出入りするスタイコフ所有のトラックをすべて調べさせることにした。さらにラスベガスを行き来する飛行機の乗客名簿も調べることになった。


トニはその晩サイモンに会ったとき、彼が陽気で楽しそうだったのでほっとした。

「仕事はもう見つかった？」トニはたずねた。

「探しているところ」サイモンは軽くかわした。「事件はどうなってる？」

「どの事件？」トニは用心深くたずねた。

「ほら、殺人事件と、きみの友人がラスベガスで誘拐された件だよ」

「何か起こるといけないから、ってアガサが二週間事務所を閉めることにしたんだけど、あっという間にまた仕事をすることになったんだ」

「彼女の意図はわかるだろ。すべてが解決するまで、びくついて過ごすことになるからだよ。最新ニュースは？」

サイモンはとても熱心で愛想がよかったので、トニは少しずつ気持ちがほぐれてきた。サイモンなら話しても問題はないだろう。最近、夜になると寂しくてたまらなかった。昔の学校友だちはまるで見知らぬ人のようで、自分はみんなとはちがう世界にいるのだ、と痛感した。ディスコとか、飲んでどんちゃん騒ぎをするとか、演技も歌もダンスもできないくせに有名人になることを妄想するとか、みんなはそういう世界が大好きなのだ。

だから、トニはラスベガスの事件は偶然だったかもしれないとか、農場で農機具がなくなっていることとか、ゲーリーが殺されてから後を継いだ悪徳警官がいるにちがいない、というアガサの突拍子もない推理とか、洗いざらいサイモンにしゃべった。

サイモンはディナーに行こうと提案したが、トニはふいに不安になった。しゃべるべきじゃなかったかもしれない。彼に他言しないことを約束してもらってから、他に約束があるから、と席を立った。

トニが帰ってしまうと、サイモンはじっくり考えてみた。犯罪行為に手を染める警官は金を派手に使わないように用心するだろう。それでも、その悪徳警官は金を手にしたら、きっと特別なものを買って、それを隠しておこうとするのではないか？　おそらく警察はイギリスのカジノも調べて、知った顔がないか確認するはずだ。ただし何日もかかるし、防犯ビデオを調べるには何週間もかかる。

サイモンはお代わりを注文した。警察署の出入りを見張っていて、疑惑を招くような警官がいるかどうか確認するのがいちばんいいかもしれない、と考えた。

警察の連中は署からすぐの〈ゴールデン・イーグル〉というパブに入り浸っているので、そこに行ってみることにした。

だが、その晩手に入れたのは大量のアルコールと翌朝の二日酔いだけだった。どの警官も刑事も、金回りがよさそうではなかった。

彼は胸焼けの薬を二錠と濃いコーヒーを一杯飲んでから、パソコンの前にすわり〈ミクスデン〉への報告書を書いた。当然、〈ミクスデン〉に報告することでアガサを裏切ることになるわけだが、アガサは彼の人生に口を出したのだから、それは当然の報いだ、と自分を正当化した。

キーをたたいているとき、自分が大金を手に入れたら、何を買うだろう、とふと思った。車だ、といきなり閃いた。ポルシェ、フェラーリ、そういう派手な車を隠しておいて、休みの日に走らせる。ふだんはミルセスターから遠い場所の車庫にしまっておけばいい。

バーミンガムには〈クラス・カーズ〉という高級車を扱うディーラーがあった。電話することも考えたが、直接行ってみることにした。両親が遺してくれたお金のおかげで、高級な服を持っていた。サヴィル・ロウで仕立てたスーツにシルクのシャツとネクタイを合わせ、出発した。

〈クラス・カーズ〉に着いて、ぶらぶらとショールームを歩いていると、営業マンが近づいてきて声をかけてきた。「何かお探しですか？」

サイモンはアルファロメオに興味があるふりをした。「最高級の車を買おうかと思ってね」彼は言った。「この不況だし、営業は厳しいんだろうね」

「たしかに、買い換えはなかなかむずかしいようですね」彼は認めた。「アルファの試乗をされますか？」

「実はね」彼は誠実さを装った。「本当の意図を説明しよう」彼は自分の名前が印刷されている〈アガサ・レーズン探偵事務所〉の名刺を出した。「きみの時間をむだにしたくないのでね。コッツウォルズでの無残な殺人事件については知っているだろう？」

「ええ。しかし、それとどういう関係が？」

「遠回りかもしれないが、よこしまな警官を相手にしているんじゃないかと考えているんだ。となると、彼は不法に得た金を派手な車に使ったかもしれない。そういう客を誰か覚えていないかな？」

営業マンはちょっとためらってから、周囲を窺った。ショールームは閑散としている。もう一人の営業マンはパソコンを陰気な顔で眺めながらすわっている。サイモンは百ポンド紙幣を巻いたものを取り出した。

「しまってください！」営業マンはひそひそと言った。「もうすぐ昼休みなんです。パブに行きましょう」

パブで、セールスマンはウィルフレッド・バターフィールドという名前だとわかった。サイモンは二人分の飲み物を買うと、隅の静かなテーブルにすわった。

「じゃあ、さっきのお金をください」ウィルフレッドが催促した。

「情報がそれに見合えばね」

「実は、たしかにある男がやって来ました。後から彼はたぶん警官で、ここを査察していたんだ、ってみんなで冗談を言い合いました。いかにも警官らしい外見だったんです。きつい目つき、ピカピカの黒い靴。次から次に車を試乗して、こう言った。『また来るよ』そのせいで午前中がむだになりました」

「どんな外見だった？」

「がっちり型。スコットランド訛り。金髪」

サイモンはお金を渡した。「他には？」

「思い当たる人間は他には誰も。何台も車を売ってきましたが、すべてきちんとした人です」

「帳簿を見られたらいいんだが」

「だめです。絶対に無理。それはやりすぎだ。ランチはおごってくれるんですか？」

「いや。充分な金をあげたんだから、自分で買ってくれ」

ミルセスターへの帰り道、サイモンはミルセスター警察のロビーに警官の写真が飾られていることを思い出した。まっすぐ警察署に行き、ビル・ウォンと話したいと言ったが、ビルは出かけているとのことだった。

「ちょっと待ってます。戻ってくるかもしれないから」サイモンは言うと、ロビーをぶらぶら歩き回って写真を眺めた。ひとつのグループの中央に、巡査部長の階級章をつけた金髪の男がいた。

「おっと！」サイモンは叫んだ。「この男は知ってるぞ。ヘンリー・ジェームズだろう？」

受付デスクにいた警官は身をのりだして写真を見た。

「いや、そいつはビリー・タロック巡査部長だ」

「変だな」サイモンは言った。「ヘンリー・ジェームズにそっくりなんだが。もうビルを待つのはやめて帰るよ」


サイモンは外の駐車場で一日じゅう待ち続けた。しだいにおなかがすいてきたが、タロック巡査部長をどうしても自分の目で確かめようと決心していた。すると夜の九時に彼が出てきた。サイモンは追跡にかかった。何度か見失ったかと思った。というのも巡査部長はくねくねした横町に入ったからだ。とうとうタロックは町外れの遊園地の外で停車した。彼が遊園地に入っていったので、サイモンも追っていった。

だが、遊園地の乗り物やテントのあいだでタロックを見失ってしまった。

茫然として立っていると、脇腹に何かが突きつけられ、スコットランド訛りの声が言った。「こいつは拳銃だ。おれの言うとおりにすれば、命を助けてやる」

彼はサイモンを〈呪われた館〉というアトラクションの方に連れていった。

「入れ」タロックはつぶやいた。「料金を支払え」

サイモンは言われたとおりにした。「助けて!」お金を受けとった男に唇だけ動かして伝えた。

男は笑いだした。サイモンが冗談を言っているのだと思ったのだ。カートがガクンと揺れて闇に入っていった。途中で椅子にすわった作り物の骸骨が飛び出してきた。タロックはサイモンの脇腹にナイフを突き立てた。そこでカートは一瞬止まった。後ろのカートには誰も乗っていなかった。タロックは骸骨を椅子からひきずり下ろすと、代わりにサイモンを骸骨の椅子にすわらせた。タロックはカートを降りると、アトラクションを覆っているキャンバス地のテントの切れ目まで点検用の傾斜路を歩いていき、そこから外に出て人混みに姿を消した。

パッツィ・ブロードバンドとボーイフレンドのテリー・ケリーは、〈呪われた館〉のカートにはしゃぎながら乗りこんだ。「ここにいるの、あたしたちだけみたいだね」パッツィが言った。

「やった」テリーが言った。「ちょっと楽しめるかもな」

「やだ、冗談でしょ。ふざけてんの？　両手は自分のポケットにしまっておいて」

コースの途中で、テリーが文句を言った。「こんな怖くないアトラクションってないぜ。ただ悲鳴が響いて、プラスチックのお化けが置いてあるだけでさ」

カートがガクンと止まった。サイモンが乗っている椅子が傾き、彼の体が二人の上に落ちてきた。パッツィは思い切り悲鳴をあげた。「そいつをどかして！」

「そのままにしておいた方がいい。このまま乗せてこいつを外に出そう」テリーが言った。「気絶しているかなんかだよ」

カートは遊園地のまばゆい光の中に出ていった。

「おい。どうしたんだ？」係員がたずねた。

「こいつがおれたちの方に倒れこんできたんだ」テリーが説明した。

「きゃあ、大変、新しいドレスが血まみれよ！」パッツィが叫び、ヒステリーを起こした。

救急車と警察が呼ばれ、生死の境をさまよっているサイモンは病院に搬送されていった。

12

トニがちょうど部屋を出ようとしたとき、アリス・ピータースンがやって来た。

「いっしょに署まで来てください」彼女は言った。「車に乗って」

「何があったんですか？」トニはたずねた。

「向こうに着いたらわかります」アリスはそれしか言わなかった。

「刑事が質問に答えるのを拒否するのは、テレビの中だけかと思ってた。アガサは無事なんですか、事務所のみんなも？」

「ええ」

「じゃあ、ジェームズとチャールズは？」

「はい」

トニはあれこれ心配しながら、ドアのわきに警官が見張りに立つ取り調べ室に入っていった。中にはウィルクスとビルがいた。

ウィルクスはテープを回しはじめてから言った。

「サイモン・ブラックが病院の集中治療室に入っている」

「何があったんですか？」

「彼は〈ミクスデン〉探偵事務所に雇われたんだ。彼の部屋を捜す令状をとったところ、ミセス・レーズンが殺人者は警官かもしれないと疑っている、ときみが話したことをまとめた報告書がパソコンに残っていた。報告書は〈ミクスデン〉に送るつもりのようだった」

「以前、あたしもあそこの仕事に応募したことがあります」トニは言った。「でも、ミクスデンにアガサの事務所をスパイしろって言われました。ああ、サイモンは何をやってたの？　助かるんですか？　撃たれたんですか？」

「いや、遊園地で刺され、〈呪われた館〉の中に放置された。カートに乗っていたカップルの膝に落ちてこなかったら、今頃死んでいただろう。大量出血をしているが、幸い刺し傷はわずかに急所をそれていた。今、彼が意識を取り戻すのを待っているところだ」

「無職だって言ってたんです！」トニは目に涙を浮かべていた。「あたし、なんて馬鹿だったんだろう」

「きみとの話で、サイモンは疑っている人間の名前を口にしたかね？」

「いいえ。彼が口にしていたら、アガサに伝えました」

聴取は続いた。ビルはトニが気の毒だった。ウィルクスはトニがサイモンと関係を持ったことで責めているようだった。トニがしている仕事や経験してきたことを考えると、よくこんなピュアな雰囲気を保っていられるものだ、とビルは驚嘆しないわけにいかなかった。彼女はまだバージンなのだろうか。このいまわしい現代にも、そういう女性が残っているはずだ。

トニは最後に供述書を読み上げられ、サインを求められた。

彼女が帰ってしまうと、ビルは言った。「少し厳しく当たりすぎですよ、警部」

「警察の捜査の邪魔をするアガサ・レーズンとそのスタッフたちには、もううんざりなんだ」

「しかし、一見、突拍子もないミセス・レーズンの勘は正しかったってことですね」

「チェルシーがラスベガスで誘拐されたとき、誰が休暇をとっていた？」

「たしか……ああ、何だね？」

ドアの前の警官が外にいる誰かと早口で会話をしていた。「重要な知らせかもしれません。受付に男が来ているそうです」

なっていた。

「重要な用件だといいがね」ウィルクスは皮肉っぽく言った。彼もビルも睡眠不足に

ウィルフレッド・バターフィールドが立ち上がって二人に挨拶し、三人はロビーに入っていった。いきなりバターフィールドは口を開いた。「テレビで彼の写真を見たとたん、ここに話に来るのが自分の務めだと思ったんです」

「サイモン・ブラックの写真かな？」

「はい、彼はバーミンガムのショールームを訪ねてきました。アガサ・レーズン探偵事務所で働いていると話していて、名刺をくれました」

「それできみは……？」

「ウィルフレッド・バターフィールドです。〈クラス・カーズ〉のセールスマンです」

「こっちに来て、供述をしてください」

トニが出ていったばかりの取り調べ室で、ウィルフレッドはすべてを話した。ただしサイモンがくれたお金のことは黙っていた。

彼が話し終えると、ウィルクスは言った。「では、整理しよう。きみがサイモンに説明した男はがっちりしていて、スコットランド訛りがあった」

「はい」

その人相に当てはまる人間はここには一人しかいない、とウィルクスは考えた。タロック巡査部長だ。

ウィルクスの顔つきはいっそう陰気になった。

「ウォン部長刑事の方から供述書にサインをお願いする。来てくれてありがとう。この情報はメディアに伏せておいてほしい」

ウィルフレッドが絶対にそうします、と約束しながらビル・ウォンと出ていくと、ウィルクスも部屋を出た。

ウィルクスは前夜の勤務についていた受付担当の警官に会った。警官はサイモンがビル・ウォンに会いたいと訪ねてきたことを話した。外出していると答えると、サイモンは待っていると言い、警官たちの写真を眺めているうちに、一人を指さし、あれはヘンリー・ジェームズかとたずねた。あれはタロック巡査部長だと答えると、もう待つのはやめた、と言ってサイモンは出ていった。

タロックを捜すことになった。今日は非番だとわかったので令状を手に、ビル、ウィルクス、アリス、それに警官の一隊はタロックの部屋に乗りこんでいった。誰も出てこなかった。ウィルクスがうなずき脇によると、破壊槌でドアが破られた。

小さな部屋は空っぽだった。ウィルクスは空港と列車の駅にタロックのバイクのナンバープレートを伝え、緊急手配した。それから犯罪現場班が部屋にやって来るまで外の車で待った。


トニは警察署を出るとすぐに病院に向かった。アガサが待合室にいた。

「ごめんなさい、アガサ」トニは小声でつぶやいた。

アガサは肩をすくめた。「夜明けに警察の取り調べに耐えてきたところなの。じゃあ、サイモンは〈ミクスデン〉のためにうちをスパイするつもりだったのね？　何を発見したにしろ、そのせいで命を落としかけた。聡明な青年なのにもったいないわね。自分を責めないで、トニ。わたしもだまされたかもしれない」

ウィルクスと二人の知らない刑事がやって来た。

「お二人とも」とウィルクスが声をかけた。「待っていてもむだですよ。面会は警察と家族だけです」

「じゃあ、パトリックに電話してみましょう」アガサは言った。「何か聞きこんでいるにちがいない」

二人は外にテーブルを出している病院の向かいのカフェに行った。アガサは二人分のコーヒーを注文し、煙草に火をつけてパトリックに電話した。

アガサが電話を切るのをトニはじりじりしながら待っていた。「犯人はビリー・タロック巡査部長らしい。ビーチといっしょに仕事をしていたか、ビーチが消されたので後を継いだかしたみたいね。彼はギャングのために働いていたのよ。部外者でいるのは悔しいけど、わたしたちは待つしかないみたい。なぜかサイモンはバーミンガムの車のショールームを訪ね、タロックと思われる人相の男がしゃれた車をほしがっていたことを探りだした。パトリックの話だと、スタイコフの工場もトラックも、徹底的に調べられたけど、何も出てこなかったらしいわ。今日はもうできることはなさそうね。睡眠が必要よ。今夜はわたしのところに泊まった方がいいと思う、トニ。うちは警備が厳重だし」

トニは一瞬だけ迷った。彼女は気の毒なサイモンのことを考えた。ぞっとするやり方で殺されそうになったサイモン。

「ええ、ありがとうございます。家に帰って、泊まりの荷物を持ってきます」

アガサのコテージの外にチャールズの車が停まっているのを見て、トニはほっとした。アガサ一人だと息が詰まりそうだったからだ。

コーヒーを飲みながら、チャールズは新しい展開について聞いた。

「どうしてサイモンはその車のショールームに行ったんだろう」チャールズは疑問をぶつけた。「ミクスデンは予想以上にいろいろ知っているのかな?」

「たぶん直感が閃いたんだと思います」トニが意見を言った。「散財することができないお金を手に入れた警官が考えそうなことを想像したんですよ」

「パトリックの話だと、タロックは休暇ではなく、数日休みをとっただけみたい。それでたぶんラスベガスに行ったのよ。スタイコフの父親がブルガリア人だからって彼に注目していたけど、他に海外に行くトラックってないかしら?」アガサが質問した。

「リチャーズ!」トニが言った。

「そうね、彼は安いレザージャケットを仕入れているし、スタイコフと取引する必要はない。きっと彼のトラックは果物や野菜の仕入れのためにも海外に行っているのよ。スーパーが地元産の生産物を無視して海外から仕入れている、っていつも地元紙が非難してるしね」

ドアベルが鳴った。「わたしが出るよ」チャールズが言った。彼はのぞき穴から確認した。「ウィルクスだ」

「入れてあげて」アガサが叫んだ。「今度は何かしら？」

ウィルクスは説教をするためにやって来たのだった。彼は堅苦しい警察の捜査手順を信奉していたので、アガサやサイモンの突飛な思いつきは、捜査の土台を揺るがすものだと苦々しく感じていた。サイモンがいなかったら、タロックが関係していることを発見できなかったでしょ、とアガサは指摘したが、ウィルクスは聞く耳を持たなかった。今後は彼女もスタッフも、警察に捜査を任せてほしい、と厳命した。

ウィルクスが帰ってしまうと、トニが言った。

「リチャーズについての疑惑を話すべきでしたよ」

「そうだ、いいことを思いついた」アガサは腹を立てていた。「こっちを馬鹿にする横柄な態度にはもう我慢できない。彼に思い知らせてやるのよ」

「どうやって？」チャールズがたずねた。

「みんなぐっすり眠って休息をとったら、リチャーズのトラックの一台を尾行して、どこに行くか見届けるの」

「ジェームズが家にいるか見てくるよ」チャールズが言った。「彼の方がわたしよりも勇敢なタイプだから」

だがチャールズはすぐに戻ってきて、ジェームズは留守だったと報告した。「まあ、しょうがない」彼は不承不承同意した。「わたしもいっしょに行った方がよさそうだ。わたしだったらドリスに電話して、猫たちを預かりに来てもらうよ」

「なぜ？」

「その提案は危険だと思うんだ。タロックみたいな凶暴で残虐な人間を雇っているやつは、まちがいなく、あなたの息の根を止めようとするだろうからね」

昼間だと交通量が多くて目立たないので、明るいうちに一台のトラックを追跡することにした。

アガサは最近メルセデスを買ったので、それを使うことにした。

〈リチャーズ・スーパーマーケット〉の外で待っていると、大きなトラックが出てきた。チャールズがメルセデスを運転することになった。

「あれが地元の農家に入っていってミルクや何かを受けとったら、一日むだにしたことになるな」

だが、トラックはどんどん南に走っていった。

「ドーバーに向かう道を走ってる」アガサが興奮した。「フェリーに乗るなら、車内にこもっていた方がいいわね」

だがドーバーの手前で、トラックは幹線道路をはずれた。

「走っている車がぐんと少なくなった」チャールズは言った。「かなり間隔を空けた方がよさそうだ。何もない田舎だからね。おい、あの待避所に入ったぞ。通り過ぎるしかない。どこかで停めて引き返してきて、何をやっているか窺おう」

そのまま走り過ぎ、木立の下の農場の小道に駐車した。

「あの待避所の向かいには生け垣があったな」チャールズは言った。「あの向かいの畑を突っ切って戻れば、何をやっているか見えるはずだ」

まもなく三人は生け垣の陰にしゃがみこんでいた。数人のとても人相の悪い男たちがトラックから降りてきて、道のわきにすわり、魔法瓶のコーヒーを飲み、サンドウイッチを食べはじめた。アガサのおなかがぐうっと大きく鳴ったので、やつらにまで聞こえたのではないかと不安になった。

のろのろと時間が過ぎていった。運転手は車に乗りこんだが、エンジンをかけると思いきやそのまま眠りこんだ。残りの連中はトラックの後部に上がり、それっきり静かになった。

「これから何か起こるにちがいない」トニがささやいた。「だって、何か待っているんですよね？」

ようやく太陽がゆっくりと沈みはじめた。チャールズは眠りこみ、トニもまぶたが落ちはじめた。アガサだけがウィルクスの説教に怒りをたぎらせながら、トラックにじっと視線を注ぎ続けていた。

ついにチャールズを小突いて起こした。「車が近づいてくる音が聞こえる」彼女は声をひそめて伝えた。「頭を下げて！」

ヘッドライトの光が夜を切り裂いた。一台の車が停まった。男が降りてきて、トラックのドアをたたいた。

「誰なんだろう？」トニがたずねた。

男が自分の車のヘッドライトの光の中に進みでた。

「リチャーズよ」アガサの声は興奮していた。

トム・リチャーズが運転手に話しかけた。トラックはゆっくりと発進した。リチャーズは車に乗りこみ、トラックの後について走りだした。

「少し先に行かせ、追いつくことにしよう」チャールズが言った。「見られるといけないから、ヘッドライトを消して走らなくてはならないな」

できるだけゆっくり音を立てずに走っていると、アガサがつぶやいた。

「もっとスピードを出せないの？　連中はどこかに行っちゃったんじゃない」

「向こうがいきなり停止したら、こちらのエンジン音を聞かれるかもしれない」チャールズは言った。「あ、遠くにライトが見える。あの田舎道を上っていくんだ。できるだけそばまで近づいてみるよ」

大きな納屋が夜空を背景にそびえていた。トラックとリチャーズの車が納屋の外に駐車していた。

「アガサ」チャールズが言った。「これ以上近づく前に、警察に電話するのも一案じゃないかな？　無慈悲な殺人者と頭のおかしいやつらがそろっているんだ。ビーチが何をされたか考えてごらん」

「ちょっと見てから」アガサが必死に食いさがった。「やばいことをやっているようだったら、電話すればいい」

三人は車を降りると、足音をしのばせて納屋の方に進んでいった。アガサはいきなり立ち止まった。「トイレに行きたい」

「じゃあ、すませてから追ってきてくれ」チャールズは不機嫌になった。「さんざん待っているあいだに生け垣の陰でできなかったのか？　さあ、行ってこいよ」

「待ってて」アガサがすがった。

「もううんざりだ」チャールズはぼやいた。「ちらっとのぞいたら帰るよ」

彼とトニは草に腹ばいになり、じりじりと前進していった。納屋のドアは開いていて、明かりがもれていた。

チャールズはどうにか中をのぞいた。「工場だ」彼はささやいた。「ドラッグを製造しているにちがいない」

そのとき、彼とトニは男たちに捕らえられた。トニは悲鳴をあげた。それを耳にしたアガサはパンティを引っ張り上げながら、回れ右をして車に戻っていった。あせりながら警察に電話し、早口で状況を伝えた。

「どうやって見つけたんだ?」三人の男たちに押さえつけられているトニとチャールズに、リチャーズがたずねた。

「答えないのか、え? ボリス、アセチレンバーナーをとってきて、かわいい顔を焼いてやれ。すぐに白状するだろう」

「わたしの思いつきだったんだ」チャールズが急いで言った。「警察はこのことは何も知らない」

「それなら、嗅ぎ回ったやつがどういう目に遭うか知らせてやろう。彼女の顔を焼け、ボリス」チャールズは飛びかかろうとしたが、きつく押さえつけられていた。

ボリスがバーナーを近づけた。

「誰か来るぞ！」リチャーズが叫んだ。

アガサ・レーズンはメルセデスのハンドルにしがみつき、まっすぐ納屋に突っ込んできて、まずボリスをはね飛ばした。薬品、ガラス瓶、蒸留器が四方八方に吹っ飛んだ。アガサはハンドルを切り、次にリチャーズに車を向けた。彼は飛びのいたが、タイヤにひっかけられ片脚が折れた。「撃て！」彼は命じた。

周囲で炎が燃え上がった。手下たちは外に逃げ出してトラックに乗りこもうとした。チャールズとトニはアガサの車に飛びこんだ。アガサはまっすぐバックしはじめたが、トラックはすでに走りだしていた。「リチャーズをここから出さないと」チャールズが叫んだ。

アガサは車を停止させた。チャールズが納屋に走りこんでいき、痛みにわめいているリチャーズを燃えさかる炎からひきずりだしてきた。服に火がついていたので、チャールズは彼の体を草の上にころがして炎を消した。

ふいに頭上でヘリコプターの音がして、遠くからパトカーのサイレンが聞こえてきた。

リチャーズは意識を失っていた。アガサとトニは車から降りて、彼のところに行った。トニはうなだれてすわりこんだ。

「やつらは彼女の顔を焼こうとしたんだ、アガサ」チャールズが言った。

アガサは蒼白になってトニを見つめた。わたしの虚栄心のせいで、あわやこの娘は無残に死にかけたのだ、と悔恨がこみあげた。

やがてパトカー、救急車、消防車が次々にやって来た。

リチャーズは警察に見張られながら救急車に運び込まれた。手下どもは逮捕された。ショックを受けているんだから病院に行って診察してもらって、とアガサはトニに勧めたが、トニは拒否した。

それから三人はドーバーの警察署に連れていかれ、聴取をされ、さらに翌朝にも質問ができるように「隠れ家」に案内された。

隠れ家には幸い寝間着や着替えが揃っていた。三人は狭いリビングのソファにうずくまるようにすわった。チャールズは立ち上がってキッチンに行くと、ウィスキーのボトルを手に戻ってきた。「ほら、こんなものを見つけた」

「トニには甘くて熱いお茶が必要よ」アガサはたしなめた。

「あたしは酔っ払う必要がある」とトニは弱々しい声で言った。

「じゃあ、すべてはドラッグのせいだったのね」アガサがしばらくして言った。

「それに、農機具と車もね、たぶん」チャールズが言った。「タロックはあの場にいなかった。あの狂った男が野放しになっていると思うと、ぞっとするな」

トニが身震いしたので、アガサはすばやく言った。「たぶん彼はリチャーズに始末されたのよ。一度失敗したから、使い捨てにされたんでしょ。もう寝ましょ」


夜のあいだにアガサが目を覚ますと、チャールズがベッドにもぐりこんできていた。

「いったい……？」

「いいから口を閉じて、寝るんだ」チャールズは両腕でアガサを抱きしめた。アガサはまた眠りに落ちていったが、トニの美しい顔が破壊される悪夢にうなされどおしだった。


朝になるとドアの外を警護していた警官がノックして、朝食はいるかとたずねた。

「何か食べておいた方がいいわ」アガサは言った。

「隣にマクドナルドがあります」

「もっとましな提案をしてくれればいいのに」警官がハンバーガーを買いに行くと、アガサは文句を言った。

「マックのどこが悪い？」チャールズは反論した。「おなかがぺこぺこだ」

食べ終えるとすぐにミルセスターに送っていくと言われた。

「さらに質問攻めね」アガサはうめいた。「わたしの車はどうなってるの？」

「保険会社に連絡した方がいいですよ。燃えている納屋の一部が車体に落ちたんです。修理不能です」警官は言った。

三人は別々に聴取を受けた。トニはビル・ウォンとアリス・ピータースンに事情を訊かれた。二人ともとてもやさしくしてくれたので、トニは話をもう一度繰り返しながら癒やされるのを感じた。

彼女が供述を終え、サインをすると、ビルが言った。「ねえ、マジで被害者支援会に行った方がいいよ」

「もう大丈夫」トニは言った。

「でも、遅延性ショックに苦しむと思います」アリスが言った。「あたしから予約しておきますよ」

「それはどうも」警察署から出て自分の家に戻るためなら、どんなことにでも同意する気になっていたので、トニはそう答えた。

アガサとチャールズは受付の前で待ち合わせをした。

「シャワーを浴びて、まともな服に着替えたい」アガサは言った。「トニは家に帰ったみたいね。迎えに行った方がいいかしら？」

「しばらく一人になりたいんじゃないかな。警察からは何も聞きだせなかった。タロックは見つかったのかな？」

「ウィルクスはまだ捜索中だと言っていた。気に入らないわね。あの殺人鬼がわたしたちの誰かに復讐しようとしたら？」

「とっくに死んでいるんじゃないかと思うよ」チャールズはあくびをこらえた。

「病院に電話してサイモンの容態を訊くわ」アガサは言った。「彼をまた雇うべきか悩んでるの」

「なんだって！　頭がおかしいのか。ミクスデンのためにスパイしていたんだぞ」

「わかってる、わかってる。だけど、こんなふうに考えてみて。わたしたち素人は警察みたいに人手がない。大金を手に入れてもそれを隠しておかなくてはならない人間がどういう行動に出るか、想像できる人がいる？　高級車にあこがれるだろう、って思いつく人間が他にいる？」

「トニがそのことをどう感じるか考えてみろよ」チャールズは言った。

「当分、様子を見るつもりよ。まず車の保険会社に電話して代車を出してもらうわ。警官に頼んで送ってもらう？」

「もうあいつらにはうんざりだ。タクシーを拾おう」


アガサのコテージに戻ると、チャールズはいったん家に戻って、また会いに来ると言った。彼が車で走り去るのを見送っていると、アガサは妙にわびしさを感じ、心の中でいけない、いけない、と首を振った。チャールズは来ては去っていく気まぐれな男で、まったく頼りにならない。


掃除婦が猫たちを連れてやって来たが、二匹はアガサをきっぱりと無視し、キッチンのドアの前で外に出してもらうのを待っていた。「猫ドアをつけるべきですよ」ドリスが言った。

「侵入者に悪用されたら？」

「そんなにやせた人間はいませんよ」

「でも、ガソリン爆弾をそこから投げこむかもしれない」

「それなら郵便受けからだってできます」

「今朝はあなた、すごく楽しいことを言うのね」アガサはいきなり泣きはじめた。

ドリスは啞然としてアガサを見つめ、それからハグした。

「すぐにミセス・ブロクスビーに来てもらいますね」


ミセス・ブロクスビーはアガサの外見に衝撃を受けた。ふだんのアガサは五十代は新しい四十代だという宣伝の見本みたいなのに、今は顔が青白くやつれていた。

ブランデーを垂らした熱くて甘いお茶を飲み、煙草を二本吸うと、ようやく復活してきた。

「あなたがジャージを着ているのって、見たことがなかったわ」ミセス・ブロクスビーは言った。

「ドーバーの隠れ家にあった警察支給の服なの」

「朝のニュースで聞いたわ。もちろんじきに裁判になるから、多くの情報は報道されなかったけど。何があったのか話して」

ミセス・ブロクスビーはアガサの話を聞いて身の毛がよだった。

「トニはどこなの？」彼女はたずねた。

「自宅に戻った」

「でも、そのタロックはまだ捕まっていないんでしょ！　ミルセスターに行って、すぐに彼女を連れてくるわ」

チャールズは家に帰ると、グスタフにペニー・ダンステーブルが客間で待っている、と伝えられた。ペニーはかつてチャールズが熱をあげた女性たちの一人だ。チャールズが誰かふさわしい女性と結婚しなければ、いつかレーズンがこの屋敷で暮らすことになるのではないか、とグスタフはひそかに心配していた。

ペニーは立ち上がってチャールズを出迎えた。ペニーは長身で手足が長く、がっちりした狩猟向けの肩をしていて、豊かな茶色の髪に長い顔をしていた。チャールズは彼女が情熱的な恋人だったことを思い出した。

「もうへとへとなんだ」チャールズは言った。「ペニー、せっかく訪ねてもらったが、今日は都合が悪い。これからベッドに入るところなんだよ」

「いい考えね」ペニーはハスキーな声で言った。

セックスか、とチャールズは辟易した。それも頻繁に。まるで医師の命令みたいだ。そのとき、自分が帰ったときのアガサの悲しげな青白い顔が目に浮かんだ。まったくアガサときたら。

「すまない、ダーリン」チャールズは言った。「消耗しきってるんだ。また改めて」

彼はすばやく歩み去った。グスタフが階段の上までついてこようとした。チャールズはさっと振り向いた。「一人でベッドに入れるよ、ありがとう。おまえが彼女を招いたのか？」

「農産物市場でミス・ダンステーブルとばったりお会いしたもので、ご招待したら旦那さまが喜ばれるかと思ったんです」

「今はけっこう。彼女に一杯だして、追い払ってくれ」

トニがドアを開けるとミセス・ブロクスビーがいた。牧師館に泊まってちょうだい、という招待をトニは弱々しく受けた。ミセス・ブロクスビーは荷物を詰めるのを手伝った。

「被害者支援会から電話がかかってくることになっているんです」トニは言った。

「警察に携帯電話の番号も伝えてある？」

「ええ」

「じゃあ、連絡はつくでしょう。出発前に訊いておくけど、もしかしたらお母さんのところに泊まる方がいい？」

「母は電話をくれましたけど、新しい仕事についたばかりなんです。あたしは大丈夫だし、週末にはそっちに行く、って言いました」

オンボロのモーリス・マイナーに乗りこむと、牧師の妻はバックミラーを確認してから発進した。タロックが見つかった、という知らせを警察が伝えてくれたらいいんだけど。

ようやくカースリーに通じる並木道を下りはじめると、ミセス・ブロクスビーはほっと息をついた。後ろには一台も車がいなかった。

牧師館に到着すると、庭の椅子にすわっていて、とトニに言った。トニはデッキチェアに体を伸ばし、顔に太陽の温もりを感じた。牧師館の平穏が彼女を包みこんだ。まもなくトニは眠りこんでいた。

その晩、アガサは郵便受けを強力接着剤で封印した。郵便配達人は村の店に手紙を預けていってくれるだろう。チャールズに電話したが、グスタフが今、旦那さまは電話に出られない、と答えた。もっともグスタフはいつもそう言うのだが。

踊り場に上がっていき、ジェームズのコテージを無念そうに眺めた。明かりはまったくついていなかったし、車も停まっていなかった。

ドアベルが鳴り、ぎくりとして飛び上がった。階段を下りていき、のぞき穴から見た。ビル・ウォンの顔が目の前にあった。アガサはドアを開けた。

「入って。彼は捕まったの？」

「誰です？」

「タロックよ、もちろん」

「今、捜索中です。じきにギャングの一人の口を割らせることができるかもしれない。一人は他よりも軟弱そうなんです。リチャーズがタロックを始末した、と聞けることを祈ってます。今、彼の事業をすべて洗っているところです。成功しているスーパーマーケットチェーンを所有していても、満足しないとはねえ。ドラッグ工場は新しく始めた事業で、燃えた残骸から鑑識が分析したところによると、クリスタルメスを製造するために立ち上げたらしい。トニはどこですか？」

「ミセス・ブロクスビーのところに泊まっている」

「それがいちばんいい」

「わたしのところでも、とても安全だったのに」アガサは不満そうだった。

「あなたの身が危険にさらされないといいんですが」ビルはキッチンの窓の格子を見た。

アガサは彼の視線を追って、苦々しげに言った。「タロックがそこらを自由にうろついているなら、わたしはいわば刑務所に閉じこめられているみたいなものよ。そうだ、フィオナ・リチャーズはどうなの？　彼女はこういうことをすべて知っていたの？」

「強く否定しています、涙混じりに。彼女が気になっているのは、これまでのような金のかかる生活はどうなるのか、ってことだけみたいだ」

「そしてリチャーズが本当にすべての事件の首謀者だったの？」

「ドラッグ市場に乗りこむっていう野心を抱くまでは、車や値の張る農機具を盗んで東ヨーロッパに運んでいたようです。われわれが逮捕した男の中にはアルバニア人が二人、クルド人が一人、それに残念ですが、ミルセスターの住人が二人いて、その二人は過去に重傷害罪で刑務所に入っていたことがあります」

ビルの携帯電話が鳴った。キッチンから出ていき電話に応えた。戻ってきたとき、彼の表情は深刻だった。

「ギャングの一人が自白を始めました。ビーチは畑のどこに収穫脱穀機が放置されているか、どこで高級車が盗めるか、リチャーズに伝えてお金を稼いでいたそうです。たぶん帳簿のＰはポルシェのことですよ。ギャングの一人が疑いをかけられそうなときには、それもリチャーズにこっそり伝え、証拠を〝紛失〟することもした。やがてビーチは充分な金をもらっていないと感じはじめ、リチャーズを脅迫するようになった。リチャーズはボリス・アーミドという男とイギリス人の一人マーティ・ギフォードに命じて、ビーチをああいうふうに始末させた。同じようなことを考えるやつを震えあがらせるためです。豚の丸焼きのアイディアはボリスが思いついた。ミルセスターのスーパーの本店の裏にある冷凍庫で、行方不明だったビーチの脚と腕が発見されました」

「スタッフの誰かが見つけたの？」

「南京錠のかけられた冷凍庫にあったんです。リチャーズは病的なほど残虐な男ですよ。周囲に脅されて汚い仕事にひきずりこまれた、とリチャーズが主張していることを知ったら、手下たち全員がすぐに彼を裏切るでしょうね」

「それで、タロックはいつそこに加わったの？」

「ビーチが殺害された直後じゃないかと思います。ギャンブル依存症で、高利貸しに多額の借金があった。リチャーズはそれを高利貸しから聞きつけてつけこんだ。タロックはあなたのコテージを警備しているとき、自分で薬を飲んで疑いをそらそうとしたにちがいない。

です。脅迫してばれないと考えるなんて愚かですよね、ぼくには想像できませんよ」

「これまでのタロックの勤務記録はどうだったの？」

「われわれが探りはじめるまでは、まともな警官に見えてました。あるとき妻が電話してきました。ずっと暴力をふるわれていたそうで、肋骨を二本折られたとか。でも告訴を取り下げた。後味が悪かったですね。その後数ヵ月して、二人は離婚した。彼はマンチェスターから異動してきたんです。で、彼がマンチェスターを離れる前には売春婦が暴力をふるわれ、残虐に殺される事件が立て続けに起きていた。でも彼がいなくなってから、ぱたっと止んだそうです。関連性を想像しないわけにいきませんよね」

その晩、サイモンは眠れなかった。体はどんどん回復していたが、精神はちがった。こんなに落ち込み、しかも屈辱を感じたことはなかった。軍は彼の心的外傷後ストレス障害(PTSD)の申し立ては嘘だと見抜いていたが、スーに対する態度から、除隊させた方がいいと考えたにちがいなかった。

これまでドアの外で警官が警護していたが、回復して一般病棟に移ると警護はなくなった。

　どうしようもなく気が滅入るときは、本当に死んでいればよかったと思うことすらあった。それに、タロックが息の根を止めにやって来るのではないかという不安で神経が張り詰め、侵入者を見張っていられるように睡眠薬は断わっていた。

　他の患者は話しかけてこなかった。一人の言葉が耳に入った。

「あいつはたぶん犯罪者だよ」

　ブザーを押しておまるを持ってきてもらうという屈辱がなくなり、一人でトイレに行けるようになったことはありがたかった。トイレから出ると、調理場から食べ物をもらってこようと考えた。夕方六時にスープとサンドウィッチが出されたので、明日の朝まで何も食事が出ないだろう。夜勤の看護師はデスクにいなかった。病棟の外で小さな調理場を見つけ、コーヒーを淹れ、チーズサンドウィッチを作った。少し疲れてふらついたので、ゆっくりと調理場を出て病室に戻ることにした。目の前には薬のカートを押している病院の雑役係がいた。雑役係はサイモンの病室の外で立ち止まり、注射器を手にとると薬を満たした。サイモンは恐怖で震えはじめた。その金髪のがっちりした体には見覚えがある。背筋が冷たくなった。ゆっくりとあとずさり、受付まで行くと叫んだ。

「警察を呼んで！　タロックだ。ぼくを殺そうとしている！」

たちまち病院は包囲された。放置されたカートからシアン化物が入った注射器が発見された。病院に急いでやって来たビルは、いつになったらひと晩、ぐっすり眠れるのだろう、と思った。サイモンを殺したがっているらしいタロックは姿を消していた。サイモンはまたもや個室に移動し、ドアの外で警官が警備についた。急にサイモンは腹立たしいアガサ・レーズンが恋しくなった。

ベッドサイドの電話が甲高く鳴り、アガサは目を覚ました。目を細めて時計を見た。午前三時？　受話器をとった。

「ぼくです、サイモンです」聞こえてくる声はささやかんばかりだった。「切らないで」

「何の用なの、この裏切り者！」アガサはきつい口調で言った。

「病院にタロックが来たんです」サイモンは起きたことを手短に説明し、最後にこうしめくくった。「あなたに会いたいんです」

「その理由を知りたいものね」アガサは冷たく言い返した。「わかった、あんたはもう集中治療室にいないんでしょ。朝になって面会時間になったら行くわ」

アガサはその晩、なかなか眠れなかった。茅葺き屋根でざわざわという音がしただけで、タロックが屋根を這っているのではないかと思った。古い材木がきしんだだけで、彼が家に押し入ろうとしているのかも、と不安になった。

こんなにいつまでもびくついていたことって、これまでなかった、とアガサはみじめな気持ちになった。ああ、行方不明のティーンエイジャーと迷子猫を捜す退屈な生活に戻りたい。それでも二度と文句を言わないって約束する。

アガサはすぐに病院に行かなかった。イヴシャムの美容院〈アーチル〉に行き、髪を整えてもらってからサイモンに会いに行った。

サイモンは病室の開いたドアから彼女の姿を見つけ、警官に入れてあげてほしい、と言った。

「元気そうでよかった」アガサはぶっきらぼうに言った。「だけど、今なら言えるけど、あんたはずる賢いやつよ」

「すみません」サイモンは謝った。彼のふさふさした髪はくしゃくしゃで、とても若く見えた。「実を言うと、怖くてたまらないんです。部屋に医師が入ってくるたびに、体が震えます。またぞっとするような夜になるんじゃないかって」

「悪徳警官が高級車を買うっていう結論に、どうして飛びついたの？」アガサはたずねた。

「彼ならそういうことをしそうだと思ったんです。宝くじに当たった男たちはたいてい、まず派手な車をほしがるんです」

男の子とそのおもちゃね、とアガサは思った。「タロックを捕まえられたらねえ」半ば自分につぶやいた。「あいつは頭のおかしい殺人鬼よ」

「またぼくを殺そうとしているんです、まちがいなく」

アガサはじっくりサイモンを眺めた。警察にドジな素人扱いをされることには本当にむかついていた。しかも彼女がいなかったら、警察はドラッグ工場を見つけることさえできなかったのに。

「この部屋には専用バスルームがついているのね」彼女は言った。

「使いたいんですか？」

「いえ、今はいいわ。ねえ、こうしたらどうかしら。タロックがあんたを仕留めるには、白衣を着て医者になりすませばいいだけでしょ」

「外に警官が警護していますよ」

「タロックが少し変装して、医師の白衣と名札を盗めば問題にならない。注射器をすばやく腕に突き立てれば、さよなら、サイモン、こんにちは、殺人鬼ってことよね」

「ああ、来てもらわなければよかった。これ以上怯えることはないと思っていたけど、あなたのせいでさらに怖くなってきた」

「聞きなさい！　面会時間が終わる頃に、また戻ってくる。あんたは窓辺に警官を呼んで注意をそらして。タロックが庭にいるのを見た気がするとかなんとか言って。そのすきにすばやくバスルームに隠れ、そこでひと晩、見張ってる」

「アガサ！　タロックは雄牛みたいに強いんですよ。腕力では勝てません。それに、たぶん気の毒な警備の警官も殺してしまうだろう」

「そのことは心配しないで」

「頭がおかしいんですか？」

「だったら、そこに横になって震えていれば。わたしはもう知らない」

「わかりました」サイモンはためらいながらも承知した。「警護してもらえるのはありがたいです」

　アガサは病院から事務所に戻った。スタッフやチャールズにも計画を言わないつもりだった。危険な目に遭うのは、彼女一人で充分だ。

トニはまだ牧師館で休息していた。フィルとパトリックにいくつかの仕事を割り振り、ミセス・フリードマンに手紙を口述してから、少し体調が悪いので家に帰って休むと伝えた。

面会時間終了間際に、アガサはコーヒーの魔法瓶ふたつとサンドウィッチが入った大きな袋を持ってやって来た。サイモンはタロックを見た気がする、と警官を呼んだ。警官は窓辺に飛んでいき、そのすきにアガサはバスルームに入って鍵をかけた。

しばらくしてサイモンは歯を磨きにやって来た。「かえって裏目に出たかも。ひと晩じゅう、病院に警官がうようよしていますよ」

「入り口では警官が四人見張っているわよ」アガサは言った。

「よかった」サイモンは言った。「さて、トイレを使いたいんですけど」

「どうぞ、背中を向けて絶対に見ないから」アガサは言った。「それから声を低くして」

夜が過ぎていった。アガサはがぶがぶとコーヒーを飲んで、目を覚ましていようとした。ときどき外の廊下で足音がすると、ぎくりとして緊張した。外に出て、警官がまだちゃんと警護しているのか確認したかった。二人いるはずだ、とアガサは思った。トイレに行きたくなったらどうするだろう？　暗い気分になった。ふつうに考えれば、サイモンのバスルームのトイレを使おうとするのでは？

まぶたが落ちかけたとき、外で話し声がした。バスルームのドアをほんの少し開けた。

「交替が永遠に来ないかと思ったよ」そう言っている警官の声が聞こえてきた。「もうへとへとだ。あんた、見かけない顔だな。本部から来たんじゃないな」

「ウースターからだ」もう一人の声が言った。「あちこちから動員されてるんだ」

アガサは震えた。その新しい声にはかすかなスコットランド訛りがなかっただろうか？

サイモンはぐっすり眠っている。こんな状況でよく眠れるものだ、とアガサはいましかった。

ドアを開けたままにした。警官の制服の男が慎重にサイモンのベッドに近づいていった。そのとき、片手に注射器を持っているのが見えて、アガサは凍りついた。彼女は陶器のおまるをつかんで、彼の背後に忍び寄った。男がそっとサイモンの病院着の袖をまくったと同時に、アガサはおまるを男の後頭部に振り下ろした。

悲鳴でサイモンは目を覚ました。アガサは意識を失っている男にかがみこんだ。タロックだ。廊下を走ってくる足音がして、ふいに病室が警官だらけになった。

「タロックよ！」アガサは言った。「殺しちゃったんじゃないといいけど」

タロックはうめいて体を起こそうとした。病院のストレッチャーが運ばれてきて、彼は手錠をはめられると手当てのために連れていかれた。

勤務が終わったと考えて立ち去った警官は、病院の入り口でウースターからの警官と交替したと伝えた。すると本来はミルセスターの警官と交替のはずだと指摘され、全員が大急ぎでサイモンの病室に戻ってきたのだ。そこでは、アガサがおまるをつかみ、タロックが床にのびていたのだった。

エピローグ

アガサ・レーズンはヒロインではなかった。そのことはウィルクス警部によって、くどいほど念を押された。彼女はメディアと話すことを禁じられた。裁判が終わるまではすべてが審理中だったからだ。

わたしがお節介をしなかったらサイモンは死んでいた、と何度も指摘したがむだだった。事件の翌朝、疲れ切って警察署を出たとき、メディアに電話して、この話をリークしてやろうか、と考えたがやめておいた。本当に警察を怒らせたら商売を邪魔されるだろうし、彼らの厚意は仕事に不可欠だった。

その日のテレビと翌日の新聞で報道されたのは、男が逮捕され、サイモン・ブラック殺害未遂で告発された、ということだけだった。

しかし、伏せておくことはできなかった。アガサがバスルームに隠れていてタロックの頭をおまるで殴りつけた、と男性看護師が友人にしゃべったので、噂が広まり、地元新聞の報道担当デスクの耳にも入った。

アガサについての記事が新聞に登場しはじめた。彼女は裁判が終わるまでは何も話せない、とそつなく答えておいた。

アガサの冒険の五日後、タロックが重傷を負わされたので彼女を訴えるつもりでいる、とビル・ウォンが伝えに来た。

「弁護士を雇った方がいい。ま、さすがに彼も訴訟するなんてできないでしょう。でも、警察としては彼の訴えを受理しないわけにいかないんです。大量の書類仕事は言うまでもなくね。気分はどうですか？」

「ほっとしてる。以前の生活に戻れたから。タロックの件で仕事が中断されていたの」

「チャールズはどこですか？」

「やって来るかと思ったけど連絡がないの。ロイはもうすぐ着くわ。無料宣伝をしそこなった、と感じているみたい。あなたとアリスはどうなの？」

ビルは顔を赤くした。「同僚同士でつきあうのは歓迎されないんです。彼女をデートに誘いたいんですけど、断られるかも。仕事をとても大切にしているし、それを失いたくないだろうから」

「猫たちったら、あなたにべったりね！」アガサは悔しそうだった。「わたしに愛情を示してくれるのは食べ物がほしいときだけよ」

「絶対にあなたのことを好きですって。誰か来てますよ」

ロイだった。白いコットンのスーツにストライプのシャツ、シルクのネクタイという格好だった。髪の毛はありふれたカットになっている。

「誰の担当をしているの？」アガサはたずねた。「保守的な相手？」

「いえ、イレプローチャブルっていう新しい男性バンドです。連中は正統的な格好をしているんで、ぼくもそれに合わせてるんです」

「似合ってるわ」

「そろそろ帰ります」ビルが言った。「じゃあ、裁判で」

荷物を予備の部屋に置いてくると、ロイはすべてを話してくれとせがんだ。

「庭師が必要ですね」ロイが言いだした。「ジャングルみたいだ」

「タロックやギャングの仲間が庭師に扮していたらと思うと怖くて、誰も雇えなかったの。これで誰かに頼める」

「さあ、話を聞かせてください」

今になってみると、なんて非現実的なのだろう、とアガサはロイに語りながら思った。

語り終えると、ロイはたずねた。「トニはどうしてますか？　ぼくは誘拐された後、ずっと気分が悪かったんです。だけど、顔を焼くぞと脅されたなんて、想像を絶してますよ！」

「カウンセリングを受けているし、大丈夫そうに見えるわ。ただ、トニについては判断がむずかしい。ずっと牧師館にいたけど、タロックが逮捕されたと聞いたらすぐに自分の家に戻った。タロックが重傷を負わされたって、わたしを訴えていることを知ってる？」

「もちろん、そんな真似はできませんよね？」

「検察しだいね。とりあえず弁護士に任せた方がよさそう。ところで、サイモンに事務所に戻ってもらえないか訊こうと思っているの」

「なんですって！　ミクスデンのためにあなたの仕事をスパイしていたのに雇うんですか？」

「うーん……そうよね。ただ彼はとても優秀な探偵だから。つまりね、直感の働く人が必要なのよ。警察のような人手も情報もないでしょ」

「だけど、彼があなたのところで働いていて、ミクスデンから仕返しされたら？　それに結婚式直前で捨てた女性のことは？　臆病で軍隊を辞めたことは？」

「あの女性は妊娠したって嘘をついたのよ。軍隊に戻りたくないと思っても責めないわ。スー軍曹は連隊でとても人気があったから、彼女を式直前に捨てたことで、地元新聞でボロクロに書かれたみたい。それにミクスデンは警察とやっかいなことになっているの。警察はミクスデンを産業スパイか何かで摘発しようとしているんだけど、ミクスデンとサイモンの言うことは食い違ってるし、いまや誰もサイモンの言うことを信用しようとしないのよ」

「で、トニのことは？」

アガサはあきらかに困った様子になった。「彼女に訊いてみないと」

ロイは立ち上がった。「牧師館に行って、ミセス・ブロクスビーと話をしてきます」

「待って！　わたしもいっしょに行く」

「一人で話してきたいんです。彼女はどんなセラピストよりも優秀だから」

「じゃ、行ってきて」アガサはため息をついた。

ロイが行ってしまうと、アガサはみじめな気持ちでキッチンのテーブルを見つめた。

ふいに、とてつもない孤独を感じた。するとボズウェルが彼女の膝に飛び乗ってきて、顔をじっとのぞきこみ、ホッジの方は彼女の背中を這い上がってきて首に巻きついた。涙が一筋アガサの頬を流れ落ちた。「へそ曲がりな子たち。でも、やっぱり心配してくれているのね！」

ロイは一時間も帰ってこなかった。このままロイのことは放っておいて出かけようか、とアガサは何度か考えた。

トニの家のドアベルが鳴った。サイモンの声がインターホンから聞こえてきた。

「上がっていってもいいかな？」

「そうね」トニはしぶしぶ答えて、彼を中に入れた。

「まだ顔色が悪いね」サイモンが部屋に入ってくるとトニは言った。「いつ退院したの？」

「今朝」サイモンは肘掛け椅子にぐったりと腰をおろした。

「で、どうしてここにいるの？」

「他に行くところを思いつかなくて」

「伯父さんといっしょに暮らしているんじゃないの？」

「自分の部屋に引っ越したんだ。伯父と暮らすのに耐えられなくて」

「わかる。あたし、アガサがあんたを軍隊に追いやったんだと思って、〈ミクスデン〉に仕事を探しに行ったんだ。彼女をスパイしてくれ、と提案されたから断って帰ってきた。アガサは腹が立つし、お節介だけど、大きな恩があるから」

「また彼女のところで働けたらなあ、と思ってるんだ。車のセールスマンに話を聞くっていうぼくの天才的な閃きがなかったら、誰もタロックにたどり着けなかったよね」

「サイモン！　彼女はそこまで評価しないと思う。それに、彼女の下で働くのが嫌でたまらない、って言ってたじゃない！」

「わかってる。だけどアガサはぼくの命を救ってくれた。たぶん、アガサにいらいらするのは、ぼくにもアガサみたいなところがあるせいだよ」彼は身をのりだした。

「ねえ、トニ、彼女がいいって言ってくれたら、きみはどう思う？」

「個人的に、それとも仕事として？」

「仕事として」

「わからない。自分と同世代の人がそばにいればいいなとは思うけど。昔の学校友だちには見捨てられてるみたいなんだ。あたしだけ仲間はずれなの。お酒を飲んで騒ぐのも好きじゃないしね。みんなは土曜の夜にクラブに行って酔っ払うのが好きなんだよ」

「ぼくも誰にも愛されないんだ」サイモンは暗い声で言った。

「そうね。でも自業自得でしょ」

「ねえ、映画に行かない？」

「どの映画？」

「名画座で『恋の手ほどき』をやってるよ。だけど、もう観たよね」

「ううん。観損なってた」

「じゃ、行こうよ。すばらしいミュージカルなんだ。楽しいぞ。他に計画があったの？」

「大丈夫。ただし変な気は起こさないでね！」

「もちろん。約束する。女性には距離をおいてるから」

「バッグをとってくるね」


ロイは意気揚々と戻ってきた。「びっくりさせることがあるんです」

「今度は何なの？」アガサはたずねた。猫たちは彼女の体から滑り下り、庭の茂った草のあいだに隠れてしまっていた。

「庭を手入れしてくれる人を見つけましたよ」

「お手柄ね。ありがたいわ。だけど、自分でも見つけられたわよ。その男は誰なの？　それとも女性？」

「いえ、村に引っ越してきたばかりの男性です」

「腰が曲がって膝がガクガクしている人？」

「ハンサムです。本当です、うっとりするような人ですよ」

「その人とどうして知り合ったの？」

「あなたの庭がひどいってミセス・ブロクスビーに話したんですよ」

「あら、そうなの？　さっき言ってたセラピーっていうのはどうなったのよ？」

「ちょっとおしゃべりした後ですよ。意地悪言わないでください」

「わたしは」とアガサ・レーズンはキッとなって言った。「意地悪なんて一度もしたことない」

「ええ、そのことはもうどうでもいいんです」ロイはあわてて言った。「ミセス・ブロクスビーが新しい住人のことを口にしたんです。ジョージ・マーストンといって、庭の手入れをしているって。村はずれのコテージに住んでいるんです。ウィステリア・コテージっていう家です」

「老ミセス・ヘンリーが住んでいるところじゃない？」

「ニュースに疎いですね。彼女は去年亡くなったんです。で、そこに行ってみたら、アドニスみたいなハンサムがドアを開けた。ガーデニングやいろいろな半端仕事をしているって言ってました」

「何歳？」

「どうかなあ。若くはないな。たぶん四十代前半かな。学のあるしゃべり方だった」

アガサは顔をしかめた。四十代前半では彼女には若すぎる。

「だから、電話して依頼したらどうです？　ねえ、アギー。この庭の有様を見てくださいよ」

「ええ、わかったわよ。番号は？」

「これが彼の名刺です」

アガサは電話した。教養のある声が、数分でうかがう、と言った。

「こんなに熱心ってことは、あまり仕事がないのかもね」アガサは言った。「太陽が桁端だか何かを越えたから（昔、午前中に船の桁端の上に太陽が来たら、船乗りがその日最初の一杯を飲んだことから）、ジントニックを一杯飲むわ。あなたは？」

「同じものを」

二人は庭で飲み物を飲んだ。美しい一日で、ふわふわした雲が濃いブルーのコッツウォルズの空を流れていく。

ドアベルが鳴った。ロイがさっと立ち上がった。「ぼくが出ます」

アガサは気晴らしができてうれしくなりながら待っていた。

ロイの後から長身の男性が庭に入ってきた。アガサはサングラスをかけていた。それをはずし、目の前の姿をまじまじと見つめた。

ジョージ・マーストンはゆうに百八十センチはあり、白い毛が交じる豊かなブロンドで、角張った日に焼けた顔では緑の瞳がきらめいていた。チノパンとスエットシャツの下の体はひきしまっていた。

アガサは立ち上がった。

「ロイ、ミスター・マーストンに飲み物を差しあげて。わたしは二階に用事があるから」

メイクを厚塗りするんだ、とロイは思った。

アガサはメイクを落とすと、ていねいにメイクをやり直した。さっきまで着ていた、だぼっとしたコットンのワンピースを脱ぎ、ギンガムのブラウスとタイトジーンズにウェッジヒールのサンダルをはく。鏡をのぞいた。田舎風だけどセクシーね、と満足しながら思った。恐怖と悲惨な経験にはひとつだけいいことがあった。体重が減ったのだ。階下に行った。

「さて、ミスター・マーストン……」

「ジョージと呼んでください」

「ジョージ。わたしは探偵事務所を経営していて、最近、脅されて怖い思いをしたの。だから、あれこれ質問しても気を悪くしないでね」

彼はにっこりした。アガサの胸が高鳴った。「遠慮なくどうぞ」彼は言った。

「まず、どういう経歴なのかしら？」

「軍隊にいました」

「長く？」

「二十年間」

「いつ除隊したんですか？」

「八ヵ月前です」

「理由をうかがってもいいかしら？」

「もちろんです」彼は左のズボンをまくりあげ、義足を見せた。「アフガニスタンのおみやげですよ」

「まあ、お気の毒に」

「大丈夫です。慣れましたから。いろいろなことが得意なんです――大工仕事、庭仕事、そういったたぐいのものが」

「そう、じゃあ、一杯いっしょにやってから、すぐに仕事にとりかかっていただくのがよさそうね。時給はどのぐらい？」

「一時間八ポンドです」

「あえて言わせていただくけど、カースリーの現在の相場は時給十ポンドよ」

「率直に言うと、ぼくには仕事が必要だし、少し安くすれば仕事をもらえると思ったんです」

「じゃ、様子を見ましょう。仕事ぶりがよければ、相場でお支払いします。さて、何を飲みます？」

「それはジントニックですか？　ぼくもそれをいただきます。テーブルに灰皿がありますね。煙草を吸ってもかまいませんか？」

「もちろんよ。わたしが吸うの。ロイ、お手数だけど、ジョージに一杯作ってもらえる？」

ロイが中に入ってしまうと、ジョージは椅子にすわった。

「あの青年が誘拐されたという方ですか？」

「そうなの。とても恐ろしい事件だったので、今少しずつトラウマから立ち直りつつあるところなの」

「話してください」

そこでアガサは話した。そのあいだにロイはジョージの飲み物を持って戻ってきたが、無視されているように感じて不機嫌に黙りこんでいた。

「あなたはまさに数々の戦いをくぐり抜けてきたんですね」アガサが話し終えるとジョージは言った。「さて、よろしければ、作業にとりかかります」

「庭仕事の道具も草刈り機も、みんな庭の隅の小屋にあるわ」アガサは言った。「案内するわね」

ジョージは週末じゅう作業をした。アガサはほとんど家を出ず、庭にすわって新しい知り合いを眺めていようとしたので、ロイは全然かまってくれない、と文句たらたらだった。

「彼に夢中にならないでくださいよ」ロイは帰り際に警告した。「これはよくある話ですよ！」

「何を言ってるの？」

「中年女性が庭師に欲望を抱くって話」

「馬鹿言わないでよ」

アガサはコテージに戻ると、ふいにジョージをディナーに誘いたくなった。チャールズがやって来たり、ジェームズが家に戻っていたりしたら思い直しただろう。しかし、彼女は寂しかった。

庭はどんどん修復されていった。小屋に道具を片付けているジョージにアガサは呼びかけた。「一杯いかが？」

「もしあれば冷たいビールをいただけるとありがたい」

アガサは冷蔵庫の奥にビールを一本発見し、グラスに注いだ。

「結婚しているの？」アガサはたずねた。

「かつては。その話はしたくないんです」

「お子さんは？」

「いいえ。庭の話をしましょう。夏用に整えるには、そんなに時間がかからないでしょう」彼はグラスを干した。アガサは彼に支払いをした。「多すぎませんか？」

「いいえ、あなたの仕事ぶりがよかったから相場で払うわ」

「道具小屋の鍵を預かってもよければ、家の横の小道から直接、庭に入るので、お手数をかけなくてすみます」

「そうして。スペアキーを渡しておく。わたしは仕事に出ている予定だけど、昼間に家に寄って仕事の進み具合を見に来るかもしれないわ」

「いいですとも」ジョージは言った。それから椅子からやすやすと立ち上がり、彼女に手を振って、さっさと歩み去った。玄関ドアが閉まる音を聞いて、アガサは顔をしかめた。

だが、すぐに来客があった。ドアベルが鳴ったときに怯えずにすむのは、なんてすばらしいのかしら、と安堵を覚えながらドアを開けた。

サイモンがおどおどした顔で立っていた。

「あら、あなただったの。どういうご用件？」

「ぼくにもう一度チャンスを与えていただけないかと思ったものですから」

「あらまあ、入って」

「庭がきれいになりましたね」サイモンは言った。「手入れをしていたんですか？」

「そうよ」嘘をついた。急にジョージを見つけた喜びを秘密にしておきたくなったのだ。「すわって、サイモン。あなたのことをわたしがもう一度信頼できる根拠を説明して。だいたい、なぜミクスデンのためにスパイしようとしたの?」

「結婚式の後、あなたはもうぼくを雇ってくれないにちがいない、って思ったんです。探偵の仕事は得意なんですけど」

「あなたをまた雇うわけにはいかない。まず、トニがわたしを許さないでしょう。あなたがだまして情報を得ようとした相手は、彼女なのよ」

「許してくれるって言ってます」

「いつ?　どうやって訊いたの?」

「彼女と直接話して。それから二人で映画に行きました」

「たしかに、あなたのような閃きがある人は役に立つと思う。だけど、考慮しなくちゃいけないのはトニのことだけじゃない。フィル、パトリック、ミセス・フリードマンのことも考えなくてはならない。明日、みんなと相談してみる。それにあなたをもう一度雇うにしても、信用できるとわかるまで、二ヵ月はいちばん退屈な仕事をしてもらうわよ。守秘義務の書類にもサインが必要だし、もしも〈ミクスデン〉にこっそり情報を流したら、裁判で徹底的にやっつけるからね」

月曜の朝、アガサはスタッフたちにサイモンのことを話した。フィルはもう一度チャンスをあげることに賛成し、トニは気にしないと言ったが、ミセス・フリードマンとパトリックは彼は信用できない人間だ、と反対した。だが、これまで放置してきた案件を確認してみると、山のように未決案件があるとわかった。そこで、迷子の犬猫が捜しみたいな仕事をやらせる人間を雇ってもいいかもしれない、とパトリックはしぶしぶながら譲歩した。

ミセス・フリードマンは、そうするなら受け入れる、と言った。

二ヵ月の試用期間が決定し、アガサはサイモンに電話した。

その朝、さらに三件の依頼が入ったので、急いで家に帰ってジョージの顔を見たいと考えていたアガサは、長時間の仕事を強いられることになった。

ミセス・エイダ・ベンスンはミセス・ブロクスビーを訪ねてきた。牧師の妻は警戒した目つきで彼女を見た。

「今度は何ですか?」

「あらまあ、わたしがいつも文句を言っているみたいですよね。今回は些細なことなんです」

ミセス・ブロクスビーは仕方なく彼女をリビングに通した。

「実は」とミセス・ベンスンは切りだした。「この村に新しく引っ越してきた人のことで。ミスター・ジョージ・マーストン」

「ええ、知ってます。彼が何か？」

「彼はミセス・レーズンのところでフルタイムで働いているようなんですよ」

「それがどうかして？　彼には仕事が必要なんです」

「だけど、警告しておくべきでしょ」

「いったい何を言ってるんですか？」

「アガサ・レーズンは肉食系の女だって！」

ミセス・ブロクスビーはため息をついた。「お帰りになっていただけます、ミセス・ベンスン？　それから今後は事前に電話してくださいね。わたしはとても忙しいんです。出ていくときにドアを閉めていってくださいね」

「まあ、信じられない！」

「じゃあ、そろそろ信じてください。さようなら！」

アガサは週末が待ち遠しかった。すばらしい天候がまだ続いていた。暖かい太陽の日差しを浴びたコテージが立ち並ぶコッツウォルズは、のどかな風景だった。忙しくなると、彼女もスタッフも土曜日までしばしば働いたが、次の週末は休みにする、ときっぱりと伝えていた——ただしサイモンだけは行方不明のティーンエイジャー捜しの仕事を継続するように言われた。

アガサは土曜日の朝早く起きて、次から次に服を試着した後で、白いコットンのブルゾンとブルーのコットンのスカートにハイヒールサンダルを選んだ。

一階に下りていったとき、すでにジョージは庭で働いていた。

「コーヒーはいかが?」彼女は呼びかけた。

「いいですね」

アガサがふたつのマグカップに淹れたコーヒーを運んでいくと、彼はいっしょにガーデンテーブルについた。

「請求書を持ってきた?」アガサはたずねた。

彼はポケットから紙片を取り出した。アガサはバッグを開き、財布から金を取り出して支払いをした。

「ずいぶん費用がかかってしまいましたね」彼は言った。「でも、ごらんのように、もうすぐ終わります。というか、昼までには終わるはずです。もちろん、芝刈りとか草取りのために今後もときどき来ます。幸い、他にもいくつか仕事が入りましたしね」

「とても美しい庭になったわ。こんなに花がたくさんあったなんて、気づかなかった」どの花の名前も覚えられないアガサは言った。「そうだ、ぜひお祝いをしましょうよ。今日、ランチをごちそうさせてもらえない？」

「それはうれしい。家に帰って着替えてきます。何時に？」

「ここを十二時半に出ましょう」

「了解。では仕事に戻りますね」

あくまでクールに振る舞わなくちゃ、とアガサは思った。部屋に戻ると、外にテーブルを出しているブロードウェイのレストランに電話をして、一時の予約を入れた。

チャールズ・フレイスはアガサに連絡するのを先延ばしにしていた。ますます彼女に惹かれていることを意識していたものの、誰かに心を奪われるような状況は避けたかったからだ。その土曜日、チャールズはちょっと訪ねるぐらいならいいだろう、と考えた。しかし、午前中にまたもや元彼女が訪ねてきたので、仕方なく彼女をランチに連れだす羽目になった。彼女はロザムンドと言い、きゃしゃで愛らしく、アガサとはまったくちがうタイプだ。しかし、本人は気づいていなかったが、アガサは常に強烈な性的魅力を発散させていたのだ。

アガサがそろそろ出かけようとしたとき、電話が鳴った。ミセス・ブロクスビーからだった。

「急いでいるの」アガサは言った。それから楽しげに笑った。「新しい庭師をブロードウェイの〈ラッセルズ〉のランチに招待したのよ」

「まあ親切なのね」ミセス・ブロクスビーは「またなの！　用心してね」というせりふを呑み込んで、そう応じた。

ミセス・ブロクスビーはあとで訪ねていく、と言った。

ジェームズ・レイシーは家に着き、たまった郵便物を整理していた。すべての請書とチラシを片側に積んでいく。手書きで住所が書かれた手紙があった、封を開けた。ロイからだった。「親愛なるジェームズへ。アガサは庭師に夢中になっています。アガサがどういう性格か、そしてふさわしくない男にのめりこんだせいで、これまでどんなやっかいごとに巻き込まれたか、よくご存じですよね。この男のことも、素性がまったくわかっていないのです。どうか、彼女の様子を見てきてください。親愛なる友、ロイより」

ジェームズは無視したかったが、たしかにアガサは過去に危険な目に遭っていた。そこで隣に行ってみたが、アガサのコテージには誰もいなかった。彼はミセス・ブロクスビーに電話して、アガサの居場所をたずねた。

「ミセス・レーズンは新しい庭師をブロードウェイの〈ラッセルズ〉のランチに連れていきました。でも、午後には戻ってくるはずですよ」

ジェームズは礼を言って電話を切った。それからブロードウェイに行き、この男にちょっと会ってきてもいいだろう、と考えた。

アガサはおおいに楽しんでいた。ジョージは口数は多くなかったが、アガサが過去に手がけた事件のかなり脚色した話を楽しみ、興味を持っているようだった。

コーヒーが出されたとき、長身の人影がテーブルに落ちた。

「やあ、アガサ」

「ジェームズ！」アガサは叫んだ。「たまたま通りかかったの？」アガサは期待をこめてたずねた。

「コーヒーをごいっしょしてもかまわないかな？」

「どうぞ」と言ったものの、彼女の口調は迷惑だということを匂わせていた。アガサは二人を紹介した。

「レイシーですって！」ジョージは叫んだ。「もしやレイシー大佐ですか？」

「もう引退したんだ」ジェームズはすわりながら答えた。

「サンドハーストにいるときに、あなたの軍事作戦についての著書を読みました」ジョージは言った。

「思い出した。ジョージ・マーストンか。ジョージ・マーストン少佐だ。きみについて読んだよ。たいした英雄だ。四人の部下を助けて、脚を吹き飛ばされたんだったね。具合はどうだ？」

「膝から下は義足をつけなくてはなりませんでした」ジョージは言った。「でも、どうにかやってます。どうやってアガサと知り合ったんですか？」

「隣人だし、以前結婚していたんだ。きみは庭仕事をしているとか」

「できる限り引き受けています」

「わたしはアガサの隣に住んでいるし、できたらうちもお願いするよ。ふだんは自分で手入れしているんだが、このところ時間がなくて」

「ランチのあとで庭を見せてもらいます」ジョージは言った。

「アフガニスタンについて聞かせてくれ」ジェームズは言った。「わが国はあそこからいずれ撤退するつもりなのかな？」

「わかりません。でも、ぼくが除隊する前のヘルマンド州のことなら話せますよ」

アガサは煙草を吸い、行き交うたくさんの観光客を眺めながら、自分がすっかり忘れられ、戦争という男の世界からはじき出されたことを感じていた。それにどうしてジェームズがしゃしゃりでてきたのだろう？　二人の声は高くなったり低くなったりしながら、アガサの知らない人々の名前を列挙している。とうとうジョージが申し訳なさそうにアガサに話しかけた。「本当にすみません。すっかり退屈させちゃいましたね」

「いえ、ちっとも」アガサは言った。「どうやってわたしの居場所がわかったの、ジェームズ？」

「ミセス・ブロクスビーから聞いたんだ。新聞できみの記事はずっと読んでいた。恐ろしい目に遭ったんだろうね。今夜、ディナーに招待するから、そのときに詳しく話してもらえないかな？」

「悪いけど、ジェームズ。家で片付けなくてはならない仕事があるの」

ジェームズは驚いた顔になった。アガサが彼の招待にいつでも飛びついた時代があったことを思い出し、啞然とした。それでもジョージがいい人だとわかったのはよかった。アガサはあきらかにいつもの執着にとらわれていた。

「アガサのジャングルの仕事はまだ残っているのかい？」ジェームズはたずねた。

「ちょうどほぼ終わったところです」ジョージは言った。「ちょっとしたメンテナンス以外は」

「ランチはすんだかい？」ジェームズは言った。「きみたちの後からついていって、わたしの庭を見てもらおう」


ジェームズのコテージに着くと、アガサは二人についていきたいと思ったが、あまりぐいぐい迫るようには思われたくなかった。男はふたつの大陸をはさんでいても、女が愛情に飢えていることを嗅ぎつけるのよ、と苦々しく思った。


夕方にチャールズがやって来た。

「泊まれないわよ」アガサはすぐに言った。

「どうして？」

「事務所からどっさり仕事を持って帰ってきたから、気を散らされたくないの」

「帰る前に一杯だけ飲ませてくれる？」

「いいわよ。何にする？」

「ウィスキーの水割りで」

「わかった。庭の椅子にすわっていて」

飲み物を持って戻ったときに、チャールズを庭に入れるべきではなかった、と気づいた。

「すごくきれいだね。新しい庭師を雇ったのかい？」

「ええ」

「どんな人？」

「ああ、よくあるタイプ。腰が曲がっていて年寄りだけど、よく働くの」

チャールズはアガサの会話がまさに棒読みなことに気づいた。しばらくして彼は立ち上がった。「じゃあ、また」チャールズは言った。

「来る前にまず電話して！」アガサはきっぱりと言った。

「ちょっと、アガサ。彼は何者なんだ？」

「何を言っているのかわからない」

「土曜日だろ。完璧にメイクしているし、そいつはクロゼットでいちばん短いスカートだ。おまけにいちばん高いヒールをはいている」

「馬鹿なこと言わないでよ。いいから帰って」

チャールズは車に乗りこんだときに、ジェームズがとびぬけてハンサムな男としゃべっていることに気づいた。チャールズはそちらに近づいていった。ジェームズは紹介をしてくれた。

「二人とも元軍人なんだ」ジェームズは言った。「それで、ずっと話し込んでいたんだよ。ジョージは村に引っ越してきたばかりで、アガサの庭の手入れを終えたので、今度はうちの庭もやってもらうことになっている」

「本当に？」チャールズは言った。「へえ、それは興味深いな」

「どうしてですか？」ジョージがたずねた。

「いや、何でもない」だが、チャールズはジェームズと目配せをしあった。どうやらアガサはまた執着にとらわれかけているようだった。

チャールズが帰ってしまうとすぐにアガサはハイヒールを脱ぎ捨て、爪先を動かしてほぐした。ジョージのためにもっと仕事を作らなくては。彼は大工仕事もすると言っていた。

彼女は二階に行くと、スニーカーをはき、ショートパンツと古いシャツブラウスに着替えた。それから一階に下りてきて庭に出ていくと、猫たちが後をついてきた。小屋から重いハンマーとのこぎりを取り出し、リビングに戻った。猫たちは庭に閉めだした。

リビングの片側の壁には、木製の本棚が取り付けてあった。すべての本を取り出すと、床に積んだ。それからハンマーを棚にたたきつけた。書棚は頑丈に作られていたので、半分を木っ端みじんにしただけで、へとへとになった。

ドアベルが鳴ったとき、急にうしろめたい気持ちがわきあがった。リビングのドアをしっかり閉めてから、玄関を開けた。

「あら、ミセス・ブロクスビー。どうかしたの?」

「たんなるご機嫌伺いよ。顔が真っ赤だし、ほこりまみれじゃないの」

「古い本を片付けていたから。どうぞ。庭にすわっていて。シェリーを持っていくわ」

「ちょっと寒くなってきたわ」ミセス・ブロクスビーは言った。

「じゃあ、キッチンにどうぞ」アガサはぶっきらぼうに言いながら、友人を入れるのではなかったと悔やんだ。だが、車が外に停めてあるし、ミセス・ブロクスビーは誰も出てこなかったら心配するだろう。

アガサはシェリーのグラスを手に戻ってきた。

「すぐ戻ってくるわね。手を洗ってきたいの。ごめんなさい。シェリーを出す前にそうするべきだったけど、ただの本のほこりだから」

ミセス・ブロクスビーはアガサが二階に行くのを待ち、キッチンの開いたドアから、固く閉ざされたリビングのドアを見た。どうしてミセス・レーズンは何か隠そうとしているのだろう？

衝動に駆られて、そっと廊下を歩いていき、リビングのドアを開けた。木っ端みじんになった書棚が散らばる惨状をぞっとしながら目にしてから、急いでキッチンに戻った。

ジョージ・マーストンが地元の店に、庭仕事だけではなく大工仕事もします、という張り紙を出していたことを思い出した。

ああ、ミセス・レーズン。ミセス・ブロクスビーは心の中でうめいた。愛のためにここまでするのね。これからこの執着はどこに向かうのかしら？

訳者あとがき

〈英国ちいさな村の謎〉シリーズも、本書『アガサ・レーズンと狙われた豚』で二十二冊目となりました。

冒頭からアガサは渋滞した道で涙をかんだだけでハンドルから手を放したと、ハンドブレーキを引いていたにもかかわらず違反キップを切られる不運に見舞われます。悪名高い警官ゲーリー・ビーチは、村じゅうの住人に難癖をつけては、しじゅう違反キップを切っていたのです。

そんな折、近所の村に豚の丸焼きを見物に行ったアガサは、串に刺されて火にあぶられている豚が人間であることに気づきます。手足と頭部を切断され、豚の頭を縫いつけられるという残酷な仕打ちを受けるとは、よほど恨みを買ってきた人間にちがいありません。第一発見者のアガサは警察に疑いをかけられますが、被害者の関係者からの依頼で調査にのりだします。アガサはこのぞっとする事件を解決できるのでしょうか……。

不況に負けじと探偵事務所を切り盛りするアガサは、相変わらずエネルギッシュです。トニが事件に巻きこまれたラスベガスにも、すぐさま飛んでいく行動力も健在。しかし、真相に近づいたせいで恐ろしい脅迫を受けると、さすがのアガサも眠れなくなるほど精神的なダメージを受けます。身近にいる男性は自分勝手なジェームズ、気まぐれなチャールズ、PRしか考えないロイだけで頼ることもできず、アガサはひしひしと孤独を感じるのです。

とはいえ、ラストの勇猛果敢な活躍ぶりを見ると、アガサは一人でも生きていける強い女性だと思わずにいられません。日頃も「ヒールのない靴ほど気が滅入るものはない」と言って、相変わらずハイヒールで闊歩しています。

おなじみの登場人物の近況も読みどころです。トニには新しいボーイフレンドができます。ただし、アガサはついついトニの私生活に踏みこんでしまい、トニを怒らせ、優秀な探偵を失いかける羽目に。また、前作『アガサ・レーズンと告げ口男の死』で探偵として働いていた青年、サイモン・ブラックは、アガサと交わした約束に縛られるのにうんざりし、軍隊に入ってアフガニスタンで戦っていました。しかし、意外なニュースを携えてイギリスに戻ってくるので、一波乱起きます。さらにミセス・ブロクスビーが夫の浮気に悩む、というできごとまで起き、にぎやかです。

本筋の事件の謎解きとは別に、毎回、さまざまなエピソードが描かれ、それが本筋以上におもしろいのがこのシリーズの特徴だと思います。アガサがウーマン・オブ・ザ・イヤーの候補に選ばれたときのエピソードには、思わず喝采を贈りたくなりました。このところすてきな男性との出会いが少なくなりましたが、エピローグを読むと、今後のアガサの恋模様も気になります。未読の方のために詳しくは語れませんが、「こんなことをするとは、いかにもアガサらしいなあ」とふきだしました。もっと穏便で巧妙なやり方があるはずなのに、アガサは思い込んだらまっしぐら、過激な方法をとってしまうようです。

次作 *Hiss and Hers* は本書のエピローグの続きから物語が始まります。二〇二五年八月刊行予定ですので、本書をお読みのうえ、しばしお待ちください。ビートンが二〇一九年に逝去したあとも本シリーズは書き継がれ、二〇二四年十月には三十五巻目が刊行されました。まだまだ、お楽しみは続きそうです。

コージーブックス

英国ちいさな村の謎㉒
アガサ・レーズンと狙われた豚

著者　M・C・ビートン
訳者　羽田詩津子

2025年1月20日　初版第1刷発行

発行人　成瀬雅人
発行所　株式会社　原書房
〒160-0022 東京都新宿区新宿1-25-13
電話・代表　03-3354-0685
振替・00150-6-151594
http://www.harashobo.co.jp
ブックデザイン　atmosphere ltd.
印刷所　中央精版印刷株式会社

落丁・乱丁本はお取り替えいたします。
定価は、カバーに表示してあります。
 ISBN978-4-562-06147-1 Printed in Japan